目次

両親の思い出として

ヒッバート O・ジョンソン 一等曹長 と キャサリン J・ジョンソン

戦争の日々を、私と一緒に生き抜いた 弟と姉に捧げる。
そして私の妻、家族、
皆が二度と戦争の恐怖に会うことがないように。

幼子を許せ
我に来たるを止むな
神の国は　斯のごとき者の　国なり

マタイ伝　第一九章　一三―一五

謝辞

この本をまとめるにあたっての、キャロリン・ハート　の理解と忍耐に感謝する。
娘、　テリ・ニュー、書き始めのころ、物事がスムーズに運ぶように助けてくれた。
娘、　クリスティン　Ｍ　・ロラッソ　と　娘婿、フランク・ロラッソ　は、最終的な編集のまとめを
手伝ってくれた。
息子の　マシュー　Ｊ　・　ジョンソンはスケッチを、
息子の　スティーブン　Ｆ・　ジョンソンは、仕上げの加筆をしてくれた。
最後に　大事な事として、　私の妻　パトリシアに感謝したい。
彼女の　愛　と　根気で　私はやり遂げることができた。

前書き

第二次世界大戦―それは世界中が大混乱と恐怖の時代だった。

覚悟を決めながらも、これから何が起こるのだろう　という不安で、皆の心は一杯だった。

この本は、第二次世界大戦中の、試練と苦難の時期の、子どもの目を通した、ある家族の経験の話である。

この戦争は、ほぼ世界中を荒廃させた。

世界中の国と国が戦っている間、軍駐屯地の真ん中に住んでいた何人かの子どもたちには、その状況は、かなり違う意味を持っていた。　その子たちは、何が起こっているのか、何となくしかわかっておらず、この混迷の中にある世界が、その子どもたちの生活に影響を及ぼす事はほとんどなかった。

この小さな共同体の周りに、世界が戦争の準備をして近づいて来る中で、一番安全な場所、アメリカ合衆国の中心部の駐屯地に住んでいた。その子どもたちは、戦争の備えをする兵士たちの、緊張の近くにはいたが、現実には、自分たちの、毎日の出来事に興味があるのだった。そして、その駐屯地から、いたるところの危険な前線に移っていく兵士たちと、毎日のように触れ合っていたのである。

一番多くの事が起きた時期、そして、戦争の後に起こった事、　時の隔たりと共に、その時の考えや、その時本当に起こった事の思い出は、変わっているかもしれない。

　これは、私が今、理解している事ではなく、覚えている事を書き記す試みである。歴史のその時々では、真実だと思っていた事がすべて賛成できる事ばかりではない。いわゆる「真実」とされていた事によって、子どもたちも「真実だ」「正しい事だ」と信じていたのである。実際それは誤りであったりする。それらの誤りについて、私は謝罪するのではなく、子ども時代に感じたこと、そして、世界がどのように戦争に向かって行ったかを、その時子どもだった私がどのように見ていたか、という事を、ただただ　読者の方々にわかって頂きたいのである。

　あなたは第二次世界大戦をどのようにとらえているだろうか。もし、従軍していたとしたらそれは、戦争の負の部分の、死や、痛み、恐怖というとらえ方になるだろう。そして戦争を知らない世代の人々にとっては、書物で読んだり、体験談を聞いたり、前線の銃撃戦や爆撃シーンが大部分を占めた映画を見たことがある、という事なのだろう。そして、愛する人が亡くなったり、怪我をしたという電報を受け取り、家族が心配するというシーンも、映画で見たりしたことだろう。

日常はどうだったのだろう。戦争が進行し、地域の苦悩が増しても、新聞やラジオ、そして電報が来た時にだけ、戦争を思い出す、という状況は、どんなものだったのだろう。

皆がそれぞれの生活をこなしていたのである。誰かが戦争の真っただ中にいて危険にさらされ、そして命を落としたことを知り、それでも、いつかその人たちが戻ってくることを待ちながら、年を取り、弱々しくなっていくのである。しかし戦争という残念な状態の中にいると知りながらも、人々はそれぞれの生活を続けていたのである。

ここ、合衆国にいる子どもたちへの戦争の影響は少なかったが、身近にいる大人たちの心配は、子どもたちの考え方に影響を与えていた。戦争の荒廃の真っただ中にいた子どもたちは、幸せだったとは言えないだろう。

私たち子どもは、よく、世界の他の地域の子どもたちの事を考え、きっと物事はそんなにうまくいってはいないだろうと思っていた。彼らの目の前にも戦争はあったのだから。私たちは、学校の友達の事が気になっていたが、他の国の子どもたちは、学校がまだそこに建っているかどうかが心配な事だったのだ。私たちは、おやつがなくなってしまったけれど、その子たちは、毎日食べるという事もできなかったのだ。私たちは、寒さから自分たちを守る、コートや毛布の事を少しだけ心配したが、戦禍の中の子どもたちは、着る物も無く、厚手のコートや毛布などは、どれほど乏しかったことだろう。

幸せだった時、楽しかった時、怖かった時、悲しかった時、私たちにはあった。

この本で、そのような困難な時を、私たちがどのように生きてきたか、そして同じような子どもたちがどのように生活していたかを伝えたいと思う。そして、戦争の困難な時代を経験した子どもたち、戦争に行った親戚たち、このアメリカ合衆国で何物にも染まっていなかった私たち自身の存在、その対比を描きたいと思う。

翻訳にあたって

幼少期に関わる記述が主なので、一人称は大部分を「僕」とし、言い回しも可能な限り、それに見合うものとした。また、現在に関わる部分は、「私」とし、言い回しもそれに見合うものとしている。小学生の皆さんにも、是非手に取ってもらいたいと思ったからである。当時の日本軍に関わる部分は、戦時中をご存じのご年配の方々には、不本意な部分があるかもしれない。また、事実と異なる部分も確かにある。しかし、〝その時〟の、幼いジェイ少年の目を通した、そして、〝その時〟に、ジェイ少年が感じた、生きた証言なのである。さらに、私が、この本を訳したいと考えたのは、戦争をするのはいつも「大人」で、どのような状況下でも、子どもたちには、子どもたちの世界がある、ということを、この本は改めて教えてくれたからである。そして間違いなく、著者のジョンソン氏は、平和主義者である。途中で閉じず、是非最後まで読んでいただきたい。思わず微笑んだり、思わず襟を正したり、少なからずそういう場面に遭遇するだろう。

当時の日本とアメリカでは、豊かさに歴然とした違いがあった事は、理解している。それを踏まえた上で、私は、「子どもたちの視点・観点」をできるだけ多くの人と分かち合いたいと思った。子どもたちは常に冒険を求め、新しい経験に、迷わず進む。時には、大人に対して辛辣な目を向ける。私は、そういう子どもたちの「目」にきちんと向き合える大人でいたい、と訳後、改めて思った。

パティ・グリーン

第一部　駐屯地での生活

第一章　昔日（せきじつ）

僕たちの家族は、戦争がたくさんの人達に影響を与えようとしていても、普通に、いつも通りの家族でいようとしていた。危険にさらされていた、他の家族のたくさんの父親たち、兄弟たち、叔父さんたち、従兄弟たちがいたが、僕たちは、戦場からはだいぶ離れていたし、戦争そのものからも遠く隔てられていた。でも、レッドおじさん、ジョンおじさん、ジャックおじさん、いとこのジェイ、そしてジムおじさんたちは、戦争の真っただ中にいた。僕たちは、他の親戚たちとは離れた、軍の駐屯地に長く住んでいたので、その人たちのことは名前しか知らなかった。その人たちは、僕たちの父さんと母さんの、愛する兄弟や、義理の兄弟、甥たちで、戦争の間は、毎日心配していた。

僕たちの父さんは、職業軍人で、三十年以上、軍で働いていた。第一次世界大戦も直接経験し、第二次世界大戦のおわり近くまで、現役だった。夕食が終わって、父さんの周りに家族みんなが集まると、第一次大戦中の体験を話してくれた。父さんは、戦いの事ではあるが、多くの他の兵士たちと同じで、血なまぐさい部分は避け、時にはユーモアを交えて、戦争の本当の姿（実相）を伝えようとしてくれた。

父さんは、フランス人の兵士と宿屋の主人と三人で、爆撃されたカフェのワイン倉庫に閉じ込められた時の事を話してくれたことがあった。その村が、ドイツ軍から連合軍に支配が変わる時に、一週間、そのワイン倉庫で過ごし、その中のワインが「全部なくなってしまう前に」何とか助け出された、と話してくれた。それから三十年経って、オマハ(ネブラスカ州)のホテルのロビーで、一緒に閉じ込められたうちの一人とばったり会った時、すぐにお互いがわかったそうだ。

第一次世界大戦中、フランスに従軍している時、父さんはフランス軍最高勲章の軍功十字章(クロア・ド・ゲール)をフランスのペタン将軍から受けている。受賞に結び付いた出来事を、父さんは僕たちに教えてくれた。

ここからは、私の記憶に基づく父の話である。

アメリカ軍部隊の父は、来たるドイツ軍との戦いのための必要な訓令伝達を命じられた。この訓令は、フランス軍側から発令され、それを取り次ぐという命令だった。父は、フランス側から訓令を受け取り、アメリカ軍の前線に届けるという任務に選ばれた。フランス軍は小さな村を見渡せる丘の上に陣取っていた。アメリカ軍は、村の反対側の、約五km離れた木々に覆われたなだらかに起伏した、丘に場所を定めていた。村の、フランス軍側には、長い橋が架けられた川があり、その橋は、村の中心の大きな道へとつながっていた。

父への命令は、フランス軍側にまず行き、情報を受け取り、アメリカ軍側へ戻ってくるという約十kmの往復だった。サイドカー付きのバイクに乗り、アメリカ軍側から出発し、村の大きな道を走り抜け、丘に着き、フランス軍に説明をし、フランス軍からの伝文を受け取り、橋の方に向かって丘を降り進んでいった。

橋を半分渡ったあたりで、はるか橋の向こう側の道に、一人のドイツ軍兵士が歩を進めていた。誰もいないと思っていたところに、この突然の敵の出現で、ジョンソン一等曹長は、言うならば、「ぎょっ」とし、皮のライダー服をバイクのペダルに掛け、(あたかも人が乗っているようにして、）味方の前線に訓令を持ち帰るという二つ目の任務を果たさずに、バイクから飛び降りたのであった。

ドイツ軍兵士は、ライフルを取り、父に向かって構え、打つ準備をしたその時に、オートバイの十分な最高速度が、彼にぶつかった。その兵士は空を飛び、バイクと〝乗っていた兵士〟も、丁度村に入り込んで来た、群れを成すドイツ軍の中に続いて落ちていった。

父の、フランス軍前線への行程は、誰にも見つけられる事がなかったが、その間にドイツ軍は村に侵攻していたのだった。父が説明してくれたこの大きな出来事は、父の命がけの戦いだったのだ。

フランス軍のペタン将軍はこの橋の状況を双眼鏡で見ていて、アメリカの勇敢な兵士が彼の命と引き換えに文書を守ったと思い込み勲章を授与したというわけだった。父はその時の事を、「あの伝令はきうとどこかの洗濯屋のリストになったんだろうね。」と笑い飛ばした。

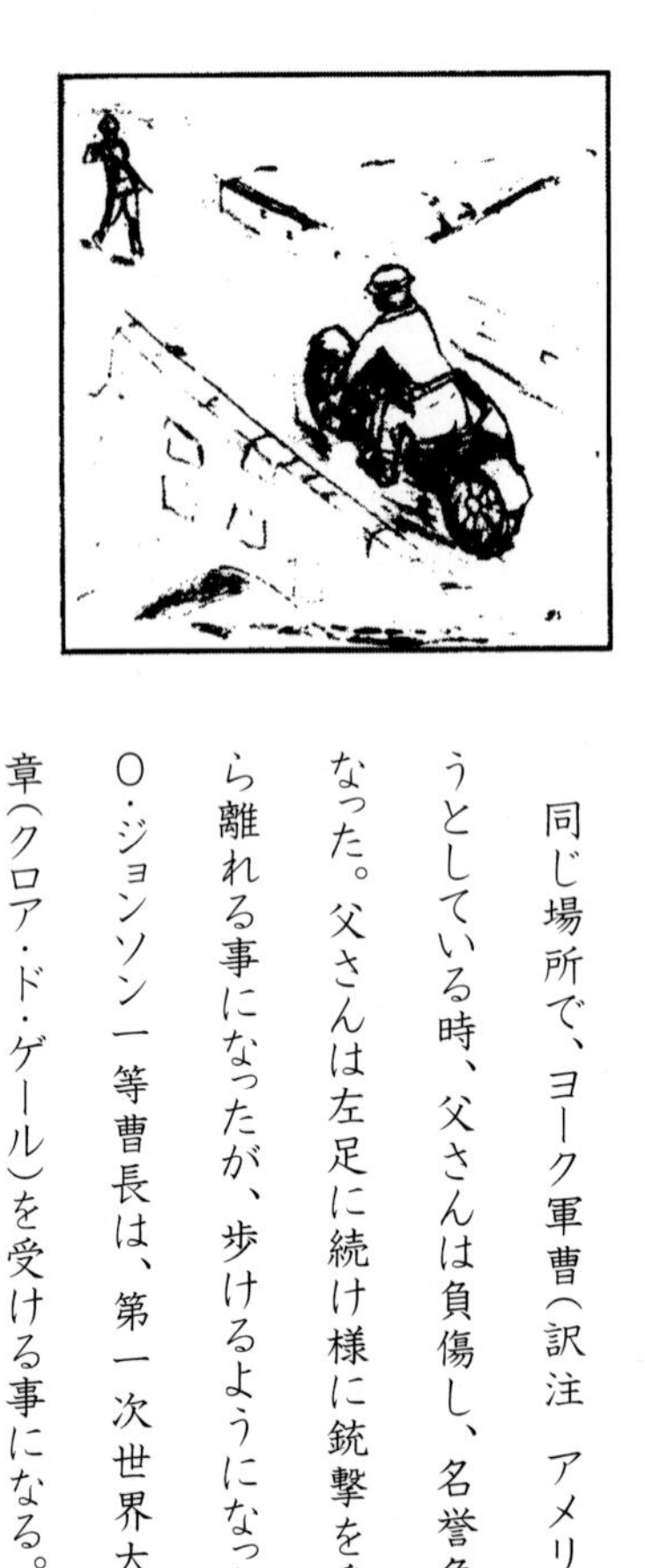

同じ場所で、ヨーク軍曹（訳注　アメリカ軍）がドイツ軍を壕から一掃しようとしている時、父さんは負傷し、名誉負傷章（パープルハート）を受ける事になった。父さんは左足に続け様に銃撃を受けた。それによって一時的に戦いから離れる事になったが、歩けるようになったら、戦地へ戻っていった。ヒッパートO・ジョンソン一等曹長は、第一次世界大戦の銃音が止む前に、二つ目の軍功章（クロア・ド・ゲール）を受ける事になる。

僕たち子どもは、父さんを尊敬し畏敬の念も抱いていた。父さんの言葉は、法律だった。父さんは色々な事について厳しかったが、充分に愛すべき人だった。人生の大半を軍隊で過ごして来たので、ほとんどすべての事を軍隊式に判断するのだった。父さんは海軍に入るため、十六才で家出をし、海軍で四年を過ごし、その後陸軍に入った。

海軍にいる時に噛み煙草を覚え、そしてパイプになり、水兵だった最初のうちはずっとパイプで煙草をふかしていたそうだ。タトゥーもあった。背が高く186センチ、体重は104キロあった。赤ら顔で鼻が高かった。

僕たちがフォート・ノックス（ケンタッキー州）に移る時までには、軍勤務が三十年以上になり、曹長になっていた。父さんの制服の袖についている山型章の線の間には、かろうじて隙間があり、軍人としての勤務期間の長さを表していた。父さんはいつも制帽を被っていたが、スモーキーベア（山火事の危険を知らせるマスコット）の帽子のようにも見えた。駐屯地の中でそういう格好をしているのは、父さんだけだった。かなり遠くから誰が見ても、それは父さんだと一目でわかるのは、間違いなかった。父さんは駐屯地内の誰からも尊敬され、畏敬の念を持たれていた。上司の将校でさえ、長年の軍の経験がある父さんを尊敬していた。

父さんは、世界中のあらゆる場所の様々な任務に就いた。海軍、諜報部、憲兵司令官、異常事態発生のための機動部隊、そして歩兵部隊。調理師になり、パン職人になり、最終的には、調理師の指導者になった。父さんは、軍を退職するまで調理に関わった。なぜなら、料理することは、父さんの情熱だったからだ。僕は、父さんのことを地球上で一番のパン職人だと、疑いなく言うことができる。

僕たち、ちびっこ達は、戦闘で誰かが傷ついたとか、亡くなったという事がなければ、兵隊さんたちがどこで何をしているかとかいう事は、ほとんど考えなかった。皆が無事に家に戻って来る事ができるように、と皆でお祈りしたが、戻って来られない人達もいるという事を知っていた。わからなかった事は、どの人が戻って来る事ができないのか、そして戻って来ることができるとしたら、どういう様子でなのか、という事だった。戦争という事をなんとなく周りの感じでわかっていたのだった。たくさんの兵隊さん達が僕たちの日常の生活に入って来ては、去って行った。僕たちはその人達が働いているところや、訓練しているところ、そしてただ、ふざけあっているところも見ていた。でも僕たちは、その人達の気持ちの裏側にあるものを心配していたし、これからの運命が気がかりだった。

僕たちは何人かの兵隊さん達と友達になった。でもすぐにその人達はどこかに行き、どうしているかを聞くことは無かった。戦争に行ったのかさえ分からなかった。ここにいる時だけ友達で、自分の記憶からも消えていった。思い出を持ち続ける事には、耐えられなかった。戦争のニュースが流れると、誰かそこに知っている人が行っているのではないか、亡くなってしまってはいないか、傷ついてはいないか、と気がかりだった。僕たち子どもには、知っている人たちは誰もが、戦争を耐え抜く、と考える方が良かった。

いくつかの家族がご近所になり、次の日には去っていく、という状態だった。多分その家族の父親が、どこか違う駐屯地や、海外へ派遣される、という事だったのだろう。僕たちにもわからなかった。軍が何をしようとしているか、敵にわからないように、いつも秘密裡に転属が行われていたのだろう。子どもたちにとっては、記憶はすぐに薄れていく。遊び友達が突然いなくなる。僕たちは、何が起こったのだろう　とは思うけれども、長く思い続けることは無かった。僕たち子どもたちは、ただ自分たちの生活を送っていた。そして他の事が、また頭の中に入って来るようになるのだった。

そこでは、裸電球、腐り易い物のためのアイスボックス、家の中を涼しくするためや、虫除けのための、窓全面の網戸、暖炉のための石炭があり、クーラーは無かった。送風のための羽は豪華だったし、洋服は、絞り機付きの洗濯機で洗っていたし、天気のいい日は外に干す事ができていた。ニュースはラジオで聞いていたし、図書館にも行く事ができて、モノクロの映画も楽しむ事ができた。軍の駐屯地だったので、度々、USO(米国慰問協会)のショーがあった。テレビができるのは、それから五年後の事だ。充分なガソリンの配給券が無ければ、出かける時は歩きだった。誰かが配給券を持っていれば車に乗せてもらっていた。

僕たちの家族は近所の中でも、ありがたいことに車を持っている家のうちの一つだった。ただ、ガソリンは配給制だったので、車で出かける事は限られていた。ずーっと続くビル街には、長い駐車場がビル沿いにあったが、その長い通りには、僕の父さんの車と、向かい側の家族の車の二台だけだった。

こういうことは、辛い事でもなんでもなかった。あの時代にすれば、最高の生活だったと思う。軍人の家族はユートピアに住んでいる。――一家の大黒柱が、戦地の前線で、死と向き合っていなければ、だ。

僕たちの父さんは、パン職人とコックの指導者と、駐屯地の食堂の経営の命令を受けた。今回は海外勤務の義務はなかった。

フォート・ノックスに住んでいた時は、毎日たくさんの日用必需品が家の入口に届けられていた。牛乳とパンは毎日で、野菜は、季節の物が週に一回。芝生は罪を犯して駐屯地内に拘束されていた人達が手入れをし、掃除や修理などは、駐屯地の管理担当の人たちが面倒を見てくれていた。僕たちは駐屯地の中のだいたい八ブロック（訳注　八　町内分　―　通り八本分ぐらい）離れた売店で　ほとんど何でも買うことができた。そして、家の中に関する必要なものや、日用品はお金がかからなかった。

フォート・ノックスの家には、二年以上住んだ。二階建て、白い木製の飾りがついた赤レンガの二世帯住宅で、木製の白く塗られたガラス張りの縁側（ポーチ）があった。三方向にガラス窓があるポーチだった。近所には、まったく同じ作りの、二階建ての家々が、小さくてよく手入れされた庭付きで建っていて、両脇には、木立があり、道路に影を落としていた。家々の庭には、少なくとも一本の木があり、同じ二階建て・二世帯住宅でも、家と家の間が120メートルも離れているところもあった。拘束されている人たちは、僕たちの小さなコミュニティー（地域）からは二ブロック（二町内分）も離れていない柵の中に住んでいて、芝生を刈ったり道路の清掃などを行っていた。

この時期は、配給制、兵器製造のための拠出運動、戦時国債、の日々でもあった。僕たちは、駐屯地での便利さがあったので、配給制などで、我慢しなければならないということは、それほどなかったが、それでもやはり学校では、紙の裏も使ったり、小さくなった石鹸を貯めたり、「ヨーロッパの子どもたちはお腹をすかせているのだから、」という理由で、出された食事は残さず食べる、という、節約の雰囲気に入っていた。自由の女神が印刷された赤い切手を買って、台紙に張るという事もした。一枚十セント、台紙は七ドル五十セント分、十年後には十ドルになるというものだった。

ここかしこに、「戦時国債を買いましょう」「金属を集めよう　戦車や船を造るために」というポスターがあった。僕たちは、何か知っていることがあっても、口に出すことは無かった。「うっかり口を開くと船が沈む」（訳注　口はわざわいの元）。

ドニー（訳注　筆者の弟）と僕は、そのことを真剣にとらえていた。敵が知りたいと思う事を、僕たちはたくさん知っていると思っていた。

家族には、配給のための切符と台紙が配られた。配給制の品物を買うときは、配給証を見せて、引き換えに一セント銅貨の大きさの赤いトークン（代用硬貨）を受け取った。トークンは厚紙でできていた。

ドニーと僕は、拘束されている人たちと、話をしに行くようになった。営倉（訳注　軍律違反などに問われた軍人を収容する駐屯地内の施設）の防御柵は、僕たちの家から遠くない所にあった。その人達も米軍の兵士で、上官とのトラブルや、休暇から時間通り戻ってこなかったり、酔っぱらったり、けんかをしたり、という人達だった。僕たちは、金網のフェンスに登り、一人とだったり、二人とだったり、僕たちの生活の様子や学校の様子などの話をした。そして、その人達は、僕たちに、逃げ出すためのシャベルやはしごを持って来てくれないか、と冗談を言ったりした。

「夜にまた戻って来て、ロープを垂らしてくれないか」と一人が言うと、「フェンスの下にトンネルを掘ってこっちに来ないか？この中を案内してあげるよ。」などと言ったりしていた。

僕たちは、その人達が、大声で、守衛の人たちに聞こえるように言っていたから、本気で言っているのではないことは、わかっていた。守衛さん達も僕たちを知っているので、追い払ったりはしなかった。守衛さん達も捕まっている人たちも、単調で退屈な営倉内の生活の〝ちょっと一息〟だと考えていてくれたのだろう。

ドニーと僕は、このように、毎日会う、他の兵隊さんたちと同じように、拘束されている人達との時間を楽しんだ。駐屯地の中の売店に行った時に出会う兵隊さん達や、土曜日の午後の映画館で出会う兵隊さん達、映画を見終わった後で立ち寄った売店で出会う兵隊さん達、道で、ただすれ違う兵隊さん達、と同じように接していた。

僕たちは、毎週金曜日にお小遣いとして二五セントもらっていた。何にでも使うことを許されていたが、大体は、同じ使い道だった。毎週土曜日の映画に十セント、ロイヤル・クラウン・コーラに五セント、そしてバナナパイを映画館の売店で五セントで買って、残りの十セントは貯金した。これがドニーと僕のお金の使い道だった。ノーマ(訳注　筆者の姉)のように、お金を使うことに対して、気弱ではなかった。

その地域は、本当に安全で静かだった。子ども達は、駐屯地の中なら、いつでもどこにでも行くことができ、危険とは無縁だった。軍の警察官が、いつもパトロールをしていて、もし、夜十時過ぎに、大人と一緒でなく、子ども達だけでいたら、事情を聞き、家まで安全に送ってくれた。銃の危険も若者達の暴力なども何事もなく、ただただ安全で、清潔な環境だった。父さんと母さんが理想とする場所だった。

僕たちは、〝下士官クラブ〟の隣の公園で、貯金の足しになる事を、いつもする事ができた。毎週末、公園は、ビールの空き瓶で溢れていた。好きなだけ空き瓶を集めバーに持って行き、一本につき二セントを受け取った。金のなる木のようなものだった。空き瓶の数は際限がなかった。一時間しなくても百本以上集まり、二ドルになった。一九四〇年代は、この金額は大した金額だったが、僕たちは欲張りではなく、その時に必要なだけ集めた。

公園に行く事は、父さんと母さんに制限された。兵隊さん達がビールを飲んでいる所を僕たちがうろうろするのは良くないと思っていた。だから、公園行きは、平日だけになり、週末は行かないことにした。

そう、ここから少し、時を戻し、「そもそも」から始めたいと思う。

父さんは、僕が生まれる前から軍人だった。

実は、僕はカンザス州フォート・ライリーの軍病院で生まれた。僕の姉さんの名前は、ノーマ、弟のドン、そして僕。僕たちは〝アーミー　ブラッツ〟(軍人の子ども達)と呼ばれていた。姉さんのことは、〝ノーム〟と呼んでいて、二つ上だった。ノーマはこの時期、他の家の子ども達より背が高く、誰よりもやせていた。ノーマは赤褐色の髪の色をし、茶色の目をしていた。ノーマは、三人の中で、一番、そして、遥かに、頭が良かった。ドンが二番目、僕はというと、ビリもビリ、遥かに離れた三番目だった。ノーマと違って、ドニーと僕は、鮮やかな金髪だった。亜麻色というらしいが、目は青く同じような体格だった。僕の方が少し体重が重く、ほんの少し背が高かった。ほとんどの人が、僕たちは双子だと思っていたようだった。

都合がいいのと、トラブルを避けるため、母さんは、似たような格好をさせた。間違って着ないように、たまに色違いにしたりだったが、ほとんど同じ服を着ていた。弟は一才半下で、僕は〝ドニー〟と呼んでいた。

僕たちの母さん。僕は〝生ける聖人〟だと思っていた。僕たちの幼い命を正しく導き、最高の配慮と学びを受けられるようにと、取り計らってくれた。僕たちがゴールドヴィル（訳注　ケンタッキー州）に住んでいる時、母さんは赤十字に入り、女性の中で、たった一人運転ができたので、すぐに救急車の運転手になった。順番に僕とドニーを入団させ、学校がない時は、僕たちは負傷者の役をして、女の人達は僕たちに包帯を巻く練習をした。ドニーはこの、いわば、〝気晴らし〟におとなしく従っていたが、僕は、どうも、言う事を聞く気にはなれなかった。頭から足の先まで、いろんな形に包帯をぐるぐる巻きにされ、母さんと救急車の脇に立っているドニーの写真が、赤十字がどれだけ素晴らしい活動をしているかを称賛するため、地域の新聞に載った。母さんは微笑んでいた。ドニーは違った。全然楽しそうではなかった。もしここにその写真があって、あなたがそれを見たら、僕は微笑んでいるのがわかるだろう。なぜなら、僕は、ドニーのようにミイラみたいにぐるぐる巻きではなかったからだ。その後が、僕とドニーにとってはとんでもない時間だった。母さんと一緒に赤十字婦人会の会議に出なければならなかったからだ。赤十字のご婦人たちの被害者のような扱いは、到底受け入れられるものではなかった。

フォート・ノックスに移ってからは、母さんは益々凛々しくカブスカウトの女性指導者となった。この事だけでも、どの母親でも聖人に値するだろう。フォート・ノックスでの最初の年は、僕だけがカブスカウトに入っていたが、次の年には、ドニーも入ることになった。しかし結局、ドニーはどこにも居場所がなかったので、僕の家での毎週の集まりに、最初から一緒に参加していた。八人の男の子たちの集まりの時間を、どうやって間を持たせるかを考える事に、母さんは、一週間の残りの時間を費やした。母さんは、たくさんの本を買った。八人の男の子たちを放っておけば、三秒もしないうちに、何も役に立たない好き勝手なことを始めるからだ。

弟と僕は、カブスカウトでいろんな事を学んだ。大部分は、同じ年代の子ども達とどうやって仲良くしていくかという事だった。母さんも会に出ているので、いつものような、トリックを使って逃げ出すような事は、とてもできなかった。

僕の父さんが、ハワイのスコフィールド・バラックに駐屯していた時、戦争が始まった。（訳注　一九三九年九月の　第二次世界大戦の発端となるドイツのポーランド侵攻）　戦争についての僕の最初の記憶は、ある土曜日、僕が居間でいくつかのおもちゃの戦車を床に置いて遊んでいる時、父さんが、僕の前に膝をついた事だった。父さんは僕にドイツの戦車が、ポーランドに攻めていったのを知っているか、と聞いた。僕は勿論知らなかったので、父さんは、できる限りの説明を、五才の僕にした。僕はその時の事を決して忘れる事はできない。僕はとてもショックを受け、僕の目の前のおもちゃの戦車を見つめ、本当の戦車が本当の人間を攻撃した、という事を頭に描いていた。

駐屯地に住んでいるのだから、本物の戦車は見た事があった。そして、戦争というものがどんなものなのか、わかっていると思っていた。でも、近いうちに戦争になる、と教えられると、軍にいる父さんに何が起こるのだろうという不安が残った。僕たちは、青い海、ヤシの木、砂浜に囲まれている、世界中のパラダイスのうちの一つに住んでいるのに、今、戦争におびやかされているのだ。

僕たちの生活に、どんな影響があるのか？　僕たちは、すぐその答えがわかることになる。父さんも不安だったのだ。だから、誰か話を聞いてくれる人、僕、に　話したのだった。父さんは誰かと議論をしたかったわけではなく、どこかに向かって、ただ、話をしないではいられなかったのだ。

もしかしたら、あなたは、五才の子どもが、そんなに詳しく覚えているはずがないと思うかもしれない。でも僕は、細かいところのひとつひとつまで、その時の事をはっきりと覚えている。

僕たちの父さんと母さんは、とても愛すべき人たちだった。三人姉弟は、大体いつもは仲が良かった。静かな堅実さを持った母さんは、僕たちに必ず決まりを守らせた。母さんは、僕たちに、信仰深く、お行儀よく、という事を教えた。母さんの信念は、「それが正しい事でなければ、やめなさい。」という事だった。僕たちは、ほとんどの場合、この考えに従って、より良い結果となっていた。何か問題があった時、何が正しいか間違っているかを見極めなさい、という事だった。

父さんは根っからの軍人気質だったので、ユーモアを交えて、軍隊方式を家の中に取り入れた。母さんは

〃少佐〃、僕は〃指揮官〃、姉さんは〃プリンセス〃、弟は、〃プリンス〃だった。父さんは、軍隊流のベッドの整理の仕方を僕たちに教えた。だから、僕たちの寝室はいつもきれいだった。毎週お小遣いをもらう時は、きちんと立って、一列に並び、年の順に、父さんに向かって、「どうぞ、上官。ご親切に、上官。大好きな父さん。」と、挨拶をしていた。南部流の呼び方で、父さんを〃ダディ〃、母さんを〃マザー〃と呼んでいた。

南部は、父さんが生まれて育った所だった。一般的に、世界の混乱とは関係ない、幸せな時代だった。

第二章　ハワイ島

ハワイの事は、僕はあまりよく覚えていない。いろいろな出来事の瞬間の記憶があるだけだ。ポロの競技場の通りを挟んだ向かい側に住んでいて、家の裏には、さや状の実を落とす木があった。弟のドニーと僕は、雨が降った後、それを水たまりに浮かべて、小さなカヌーに見立てて遊んだ。家のすぐ裏には、バナナの木もあった。小さかったが、時々実をつけた。

時々、僕の家にだけ雨が降り、通りの向こうには降っていない、という事があった。これは、ハワイの島の中心部に雨雲が移っていく時に、雨雲がほぐれていくから、という現象だった。僕は、庭の水撒きホースのように、一点にだけ雨が降っているのだと、長い事思っていた。

僕たちは、小さな平屋の、とても素敵な家に住んでいて、平らな舗装された道に接していた。脇道が九メートルぐらい、僕の家から伸びていて、端が、通りと平行に走っていた。家の前と脇の庭は、とてもよく整えられていたが、裏側は、石炭殻が敷き詰められた路地だった。家の車庫は、その路地の向こう側にあった。その車庫は、12センチ角の木材で建てられていて、波型トタンの屋根だった。列続きの他の家の車庫も屋根付きで、ドアや壁は無かった。斜め左の通りの向こうはポロ競技場に面していて、同じ造りの家々が並び、僕たちが住んでいる所と鏡写しのようだった。

ハワイに住んでいる間、時々僕たちは、屋外託児所に預けられた。〝シックス・バイ〟と呼ばれていた駐屯地のトラックの中へ入っていった。六輪タイヤのトラックだったのでそう呼ばれていた。トラックの荷台は、カンバス地の布の幌付きで、小さい子ども達が登れるように梯子が架けてあり、荷台の両脇には、ベンチが置いてあった。トラックは一分隊を乗せられるほど大きかったが、子ども達が来て乗るのは、いつも六人か七人だった。

大体は、トラックに乗って行ったり来たりするだけだった。運転手さんは、がっしりした、ハワイ生まれの人で、いつも手品を見せてくれた。僕たち兄弟は、誰もそこの場所が好きではなかったので、出来るだけ行くのを避けていた。僕たちが、どういう気持ちでいるか父さんと母さんに伝えた。父さんと母さんは僕たちを引っ張って連れて行かなければならなかったが、車に乗って、一端そこに向かってしまうと、そこに着く頃には、僕たちの気分は変わっていた。

そこは、〝デイキャンプ〟と呼ばれていて、八㎢ぐらいの平らな草に覆われた土地で、草が無い所まで子どもたちが進んで行くのは、なかなか大変な場所だった。まず門だけがあり、普通の家ぐらいの建物があった。その次にコンクリートの大きな建物があった。子ども達は雨宿りの時だけ中に入る事ができた。だいたい三日に一回は雨が降り、そこに入ることが許された。九メートルの高さのサイクロン除けのフェンスが全体を覆っていた。

ずっと左の向こうの端にフェンスとつながった小さな建物があり、そこは、昔、緑色の切符売り場の建物だった。この小さな建物が、〝年上〟の子ども達のたまり場で、〝年下〟の子ども達は立ち入り禁止だった。なぜ立ち入り禁止か、というと、年上の子たちが〝そう〟言ったからだった。

年上の男の子たちは、切符売り場の丁度後に穴を掘って、収容所の裏手の四、五十メートル先の倉庫にひそかに出入りしていた。その倉庫は制服やバッチ、記章など、収容者用の物などを主に保管していた。年上の男の子たちは、時々フェンスの下に掘った穴を通り、もぐり込んで、離れた倉庫へ走り、バッチを盗んできて売ったり、交換などをしていたのだった。そこを管理している人達は、全然気づいていなかった。もっぱら、ちびっこ達が、殴り合いのけんかを始めないように気を配っていたのだった。

収容所には、柵を監視する兵士たちがいたが、その人達は、僕たちの中でだれがいなくなったり、また戻って来たりしているかを、見ているとは、僕には思えなかった。どんな場合でも、収容所の監視はそれほど大切な任務ではなく、国のために働いているという思いも、その人達には無さそうだった。

彼らは、僕たちにグラハムクラッカーをくれた。僕ともう一人は、地面に落ちたクラッカーの土をこすり落とし、どんなに手に入れるのが大変かというところを見せながら、食べた。勿論姉さんは、この〝勇敢〟な行為を見ていて、母さんに言いつけたので、二度とそんな馬鹿なことはするなと注意された。そして勿論、姉さんは、ちゃんと見張ります、と母さんに言った。僕に必要なのは、〝見張り番〟だった。いずれにせよ、姉さんは絶えず警戒を怠らない態度で、僕をトラブルから、遠ざけてくれた事が何度もあった。その点は、姉さんに感謝している。でも、ドニーへの監視はそれほど成功しなかった。

さて次はドニーについてだが、この託児所は、〝罪を犯した人たちの収容所のようなもの〟ではなく、本当に〝留置所〟だった。女性の兵隊さん達も過ちを犯すと、小さな留置所に入れられた。ほとんど刑務所と同じだった。大体九㎡の建物で、ダークグリーンで、白い飾りがあった。窓は一つで、本物のかんぬきがあった。

ドニーは、何度もその留置所に入っていった。僕たちが朝、その託児所に着くと、ドニーは皆がそこに連れて行かれるのを待たないで、まっすぐそこに、とことこと、歩いて行くのだった。僕はいつもその託児所では、ドニーとは〝同房者〟とならないように、離れていたのだった。

幸い、僕たちは、その託児所に、そんなに預けられなくて済んだが、あまり楽しくなかった思い出として記憶の中に染み込むには、充分だった。

ハワイに住んでいたある日、ドニーと僕は、家出をしようと決心した。しかし、そんな立派な遠くまでの冒険にはならなかった。父さんは、ものの数分で僕たちに追いついた。僕たちは、ただただ、他の世界がどんな感じなのか見たいだけだった。いろんな映画を見て、もっと素晴らしい場所があるに違いないと思ったのだ。

胸当て付きのオーバーオール一杯に、長旅に必要な、ピーナッツバターのサンドイッチ、クッキーやなんかを詰め込み、旅立った。家の後ろのドアから出て、裏庭を抜け、路地を抜け、路地のはずれまでたどり着き、さあ、大きな道路に曲がろうとしたが、その道は〝見たこともない〟〝聞いたこともない〟道路に通じているのだった。僕たちにとっては、そのぐらいが遠い場所だったのだ。

通りの角を曲がりきる前に、そこに立っていた父さんが、僕たちの冒険を止めることになった。「君たち二人はどこに行くつもりなんだい？」と僕たちに聞いた。

「世の中のすべてを見に。」と僕は返事した。

「わかった。でも、別の日にしようじゃないか。」と父さんは言った。「母さんも父さんも、君たち二人に家に帰ってきてほしいと思ってるよ。町に出かけようと思うんだ。一緒に行ってほしいんだけどな。」

これが父さんのやり方だった。絶対に叱ったりしなかった。父さんは僕たちを、大人扱いしてくれた。何が一番正しい事なのか、自分たちで考え、自分たちで決めさせるようにしてくれていたのだ。だからこそ父さんは素晴らしかった。

世界を見たいという僕たちの願望は、失われる事は無かった。旅をすることは、親譲りの資質だった。僕たち姉弟三人は、たいていの家族より、世界中のいろんなところを見ていると思う。

この年頃の時、大体僕たちは、胸当て付きのオーバーオールを着ていた。僕はそれをすごくかっこいいと思っていたし、それから少し大きくなった時には、たくさんポケットのついた、オーバーオールを着るようになった。道具や、鉛筆、小さなメモ帳など、男の子が持ち歩くような物を、いろいろとポケットに入れるのが、とにかく〝かっこいい〟のだった。でも、少し経つと、僕は胸当て付きのオーバーオールが嫌いになった。首までずり上がって来るからだった。この経験があって、大きくなってからは、二度と肩ひも付きのオーバーオールを着ることは無かった。でも、今でもポケットは大好きで、シャツでもズボンでも、とにかくたくさんポケットが付いている物が大好きで、ベストも同じ理由で、ポケットがたくさん付いている方が好きだ。

僕たちが住んでいたハワイの駐屯地は、それほど大きくはなかったが、家の前だったり、裏だったり、いろんなところで、〝任務に就いている〟兵隊さん達を見かけた。弟と僕が、肩におもちゃのライフルを下げ、行進している兵隊さん達の後にくっついて歩いたりすると、たいてい母さんが僕たちを呼んで兵隊さん達からできるだけ遠ざけようとした。ドニーと僕を家に引き戻すこの役割は、時々姉さんのノーマに任せられた。ノーマにとっては、望まないたくさんの役割の一つで、この役目は大嫌いだったが、迷うことなく任務は遂行された。

兵隊さん達は、丁度向かいの道の木に無線機をぶら下げることがあった。ドニーと僕が、本部の通信士と話をさせてもらっていたら、母さんと姉さんのノーマが、僕たちを家に引きずり戻したことがあった。兵隊さん達には、とても面白い光景だったようだ。

僕の父さんのほうのいとこのジェイ V・ジョンソン（僕とミドルネームが違うが同じ名前で、Vはバレンタインの V、僕の、ジェイ F・ジョンソンのFは、フランシス）は、海軍にいて、パールハーバー勤務で、時々僕たちの家に来ていた。時々ジェイをパールハーバーまで迎えに行っていた。家に戻る途中で、大きな船をたくさん見た事を覚えている。貯水槽がパイナップルの形をしていた事を、特に覚えている。いとこのジェイは、潜水艦ノーチラス号の任務についていた。僕はこの第二次世界大戦が終わるまで、日本がパールハーバーを攻撃した時にジェイがそこにいた事を知らなかった。潜水艦がどこに配備されているかは、誰に対しても秘密だったからだ。ジェイは二十年間海軍に勤務し引退した。日本がパールハーバーを攻撃した時、そこにいたすべての潜水艦は、避難するように命じられ、次の命令に向けて待機していたそうだ。

僕たち家族は、父さんの友達のマンリー一家を時々訪ねていた。父さんがハワイに赴任した時からマンリーさんを知っていて、親友になったのだった。マンリーさんは、もう亡くなっていたのだったが、僕たちがハワイを出る時戻すという約束で、農園を父さんに使ってほしいと、遺言していた。でも、マンリー家の十二人の子ども達の家族は、僕たちより、その土地を必要としていた。振り返ると、ハワイに土地を持っていても良かっただろうなと思う事もある。土地の件については、マンリー一家にとって、一番良い方向へ展開し、マンリー家の子ども達がうまく活用する事ができた。僕たち家族は、そこに遊びに行って、何日間か一家と一緒に過ごす、という事にしていた。

時々、父さんと母さんは、僕たち姉弟のうちひとりが、一週間マンリー家に泊まる事を許してくれた。父さんと母さんが、僕の帰り支度を始めると、僕を、忘れて置いて行ってしまうように、マンリー家の子ども達は、僕をかくまってくれた。一度も成功はしなかったが・・・・。父さんはいつも、「三つ数えるうちに出ておいで。」と言った。マンリー家の十二人の子ども達の中には、僕と同じ年代の子ども達もいたので、マンリー家を訪ねて、みんなに会うのは、僕の家族全員、楽しみにしていたのだった。

マンリー家の大きな家の脇は、子ども達がどんな遊びでもできるくらい、広い草原だった。マンリー家へ入っていく道と、その広い草原の間に、大きな赤い花が咲く茂みがあった。その花は、雨降らし花、だと教えられた。その花を摘むと雨が降るという事だった。僕はそれが本当かどうか、どうしても確かめずにはいられなかった。そこで、僕は、誰も見ていない時に、花を取ってみた。程なく、本当に雨が降ってきた。僕は、その雨を降らせた張本人だとは、誰にも言い出せなかったが、きっと、みんな知っていたと思う。マンリー家のこの農場は、本当に安全で、父さんも母さんも、僕たちが、マンリー家の人達にしっかり守られていると感じていた。

日本がハワイを攻撃した時、マンリー家の人たちは、誰もけがをしなかったが、一番年上の子だけ、攻撃を木の上から見ていて、うっかり落ちてしまい、骨折したそうだ。

僕たちが初めて映画を見たのは、このハワイに住んでいる時だった。その主人公が、地下牢の壁に鎖でつながれ、そこに水が満たされ、という、モノクロの映画だった。スクリーンは薄茶色のツートンカラーだった。地下牢に閉じ込められた、主人公がどうなったかは、わからない。

僕たちは、一九四〇年の六月頃にハワイを離れた。ヨーロッパでは戦争が始まっていた。戦争が激しくなるだろうという事と、日本との戦争が始まりそうだという見解で、軍は、父さんのハワイ勤務を短縮したのだった。ハワイに家族と一緒に駐屯していた人達は、安全のためにほとんどアメリカ本土へ戻る事となった。

第三章　太平洋を渡って

僕たちは、米国艦リパブリックに乗って、パールハーバーを後にした。僕は、実はどの船で戻って来たか覚えていないのだが、姉さんのノーマは、第一次世界大戦で使われた、セントミハエル号だと教えてくれた。リパブリック号は、もっと大きいと言った。

僕にとっては、乗って来た船は、充分巨大だったと思っている。勿論、その頃の僕にとっては、すべてが巨大だったのだ。実際、歴史的には、米国艦リパブリックは、その一年後の、一九四一年十一月二一日にハワイに軍隊を乗せて配備されたのだった。この軍隊は、今では、消えた歩兵部隊として歴史に名を残す、第一三一野戦砲兵隊の第二歩兵隊だった。彼らは、日本軍の捕虜となり、よく知られたクワイ河に架ける橋を建設することになるのだった。

太平洋を船で渡っている時、母さんは、弟と僕を赤ん坊用の歩き紐で、二匹のラバのように結んで押さえていて、船から海に落ちないようにしていた。父さんは僕たちにいつも、ラバの仲間に売ったりしないから、大丈夫だよ、とは言っていたが、格好は、それなりのラバのようだったのだ。

この、歩き紐という代物は、年端のいかない僕たちには、恐ろしいほど、癪に障るものだった。僕たちの身体を取り巻く革の紐は、その手綱を握った人、誰にでも動きを制限され、永久に僕らを怯えさせるのだ。僕は、姉さんのノーマが、その手綱を決して持つことが無いように、と願った。姉さんは、自分の〝ラバたち〟に言う事を聞かせようと、きっと張り切って、〝どーどー〟などと言うに違いなかった。弟のドニーがどう思っているかはわからなかったが、僕にとっては、散々な被害だった。思い出す限り、幸いそんな事にはならなかったから良かったようなものの、もしそうなっていたら、その癪に障る屈辱的な経験で、僕はきっと気がおかしくなってしまっていただろう。

航海の半分を過ぎた頃、船は嵐に巻き込まれた。嵐の真下に行く前は、暗い空と、船の両側に波しぶきが上がるのが見えていた。すべてが暗い青と、灰色で、波しぶきだけが白かった。海の水が欄干を飛び越え、甲板に押し寄せた。船の乗組員たちは、すべての子ども達を船倉に集めて〝パンチ　アンド　ジュディ　〟のあやつり人形劇を見せた。僕たちは親たちから引き離され、親たちには、自分たちの船室に戻るようにという命令が出された。

覚えているのは、大体そこには、三十人ぐらいの子ども達がいて、床の上の大きな箱の周りに座った。僕は、その人形劇の内容を、全然覚えていない。嵐のほうが心配だったからだ。僕は、三メートルぐらい向こうにある、船の窓の外の嵐と、船がぐらぐら揺れたり、急に一方へ傾いたりするのを見ていた。そして、船が沈みそうなのに、なんでこんなくだらない人形劇を見なくちゃいけないんだ、なんていう事を考えていた。

敵の潜水艦の脅威にさらされた時のために、という意味で、航海中に時々、船の放棄訓練というのがあった。ある日の事を、特に覚えている。その日は暗い雲に覆われ、時折、霧雨が降っていた。船の放棄訓練をする事になった。甲板は濡れ、髪もぐっしょり濡れてしまうぐらいの霧雨だった。僕は、ひどい天気で、乗組員たちが、ペンキ塗りの作業ができないから、僕たち乗客をうまく取り込もうとしているのだと思った。

母さんは、とても腹を立てていた。なぜなら、ライフジャケットが、僕たち子どもには、大きすぎる事がわかっていたからだ。ドニーと僕は、ペンギンのような歩き方しかできなかった。そして、多分ペンギンが歩く時に出すのではないかと思うような音が、歩くたびにした。ライフジャケットは僕たちのくるぶしの丁度上から、頭まで、すっぽりと、飲み込んだ。

全乗客は、少人数のグループになり、甲板に立っていた。

「この人数じゃボートは少なすぎて全員は乗れないな。」と僕は思った。僕は、船の反対側にもボートがある事を知らなかった。

でも僕は心配はしていなかった。誰かが、「女性と子ども達優先」と言うのが聞こえたからだ。僕たちは、その中に入れるのだと思い、そうすれば、ボートに乗り込む時が来たら、僕たち家族が入り込む場所を見つける事ができるのだと確信していた。父さんはコック長として、この艦船の厨房勤務についていたが、きっと一緒にボートに乗り込めるだろうと信じていた。

結局、いずれにせよ、救命ボートに乗る必要はなかった。大いに安心した事に、船は沈まず、火事も起らなかった。船が沈むかもしれないと思い、背筋がぞっとしたのは、その訓練の時だけで、訓練と実際の違いが分かっていなかったのだ。僕はとても幼かったが、何かが起きているという事がわかり、警戒するという事は、充分わかる年だった。

ドニーと僕は、泳ぎの訓練を受けた事は無かったが、いざとなったら泳げると思っていた、足が底につかないぐらい深い、とわかるまでは、たいていの子どもは同じように思っていたのだ。

僕たちは、夕食の時にはいつも父さんと会う事ができた。その時間までには調理の仕事も終わり、僕たちはみな一緒に厨房に行った。いろんな料理が三人分用意され、ボーイさんの一人が、金属製の棒の端に布を巻きつけた四本のスティックで、小さな木琴で、四曲を弾きながら船の中を通って行くのだった。毎回違うトーンだった。僕は、白いジャケットと紺色のズボンをはいた、そのボーイさんをドアの所に立って、ずっと見ていて、そして、ずっと聞いていた。

船につきものの、鼻につくにおいを覚えている。多分、海を渡る船に、何時間か乗った事がある人なら、誰でもこのにおいは、記憶に残るだろう。ペンキを混ぜたにおい、エンジンの燃料、次の食事までの間の煙草の一服、いろんなにおいが混ざっている所に、海水のにおいが加わる。乗組員達は、いつもどこかペンキ塗りをしている。ちょっと風が吹くと消えるが、また元に戻り、一日中におい続ける。

太平洋の航海は長かった。時々陸地が見えたが、船と海だけしか、今までの人生で知らなかったように思えた。家族から父さんを引いた僕たち四人は、ほとんど甲板で過ごした。時々夕方に父さんが甲板に来ることがあって、一緒に遊んだ。ドニーと僕は、時々、船乗りと海賊のまねをして遊んだ。航海のまねをして遊ぶのは、ここそ、うってつけの場所だった。父さんと母さんは、空いているデッキチェアにすわり、僕たちが遊ぶのを見ていた。ノーマはお人形遊びか、暗くなって字が見えなくなるぐらいまで、本を読んでいた。

パナマ運河を通る時、陸地が船にすごく近かったのを覚えている。運河に着く前に木が見えた。そしてそこには、猿がいた。子ども達には、ご褒美のような光景だった。両側が島のような所を通って運河に入っていく。そして、海面がどんどん下がり、船も下がり、陸地がどんどん僕たちに近づいてくる。

ここが、長い航海の後に初めて見た陸地だった。旅の終わりが、近づいているという事を皆わかっていて、沸き立っているのを肌で感じた。皆メインデッキに集まって、船が運河の門を通って行くのを見ていた。乗組員が、船が門を通る作業を手伝うために、忙しく動き回っているので、僕たちは、邪魔をしないように気をつけなければならなかった。大西洋に入っていくために、最後の水門を丸一日かかって、やっと通り抜けた。

ずっとハワイから護衛してくれていた潜水艦が、パナマ運河に僕たちの船がたどり着いたら、離れて行った。僕たちの船が太平洋を渡っている間中、潜水艦は浮かび上がったり、僕たちの船の後ろに行ったりしたが、ほとんどは水の中だったのだ。おかげで僕たちは、太平洋の東側を安全に渡ってくることができ、もうその任務は終わるのだった。

僕たちは、ニューヨークの港に入っていった。船着き場に降り立った時、移民の一家のような気がしたのを覚えている。

僕たちが着いた時、何をどうしたらいいか、という説明も指示もなかったので、父さんと母さんは、途方に暮れているように見えた。何分か後、父さんは、今日はここに泊まろう、どこか泊まれるところを探してくる、と言った。少しして父さんが戻って来て、ホテルに泊まる事になった。船から車が下ろされ、次の駐屯地に行くためとして、父さんに渡された。

軍はハワイで乗っていた車を、船で運んで来てくれていたのだ。僕たちは快適な車の旅ができる事になった。この時まで、僕は、車が一緒にアメリカまで、船に乗せられて来た事を知らなかったので、どこまでも歩いて行かなければならないと、気がかりだったのだ。歩いてどこかに行くのは、嫌いな事の一つだった。

港に立っている時は、どこに行くか全然知らされておらず、とにかくアメリカのどこかには行くんだろう、という考えだけだった。でも何も心配する必要はなかった。父さんは僕たちが港で待っている間、誰かと話をして、もう既に、新しい家とかいろいろ必要なものが、僕たちを待っているという事を、教えてくれた。

新しい家？　それってどこ？　これからまさに、長い長い車での旅が、始まろうとしていた。でも、それがどこかを知っているのは、父さんと母さんだけだった。

第四章　フォート・ベンジャミン・ハリソン

父さんは、インディアナ州のフォート・ベンジャミン・ハリソンに配属された。そこまで、三日間かかった。途中いろんなホテルに泊まった。そして、途中で食堂を見つけたら、そこで食事をした。一九四〇年代の移動は、今のように簡単ではなかった。特に、家族連れのための部屋を見つけるのが、大変だった。大体の宿屋は、仕事で泊まる人達のためだったし、食堂も町の中にしかなかった。時々、食事と食事の間が、長い時間、空く事があった。途中で商店を見つけたら、食べ物を買い込んだ。そうすると、途中で、食事をする事ができた。

田舎の、学校の校舎に車を停めた時の事を覚えている。土曜日だったので、誰もいなかった。校舎の裏庭に野外テーブルと、手押しポンプの井戸があった。母さんが、昼食のサンドイッチを作ってくれて、父さんと僕は、井戸に行き、何度もポンプを押した後、冷たくておいしい、きれいな水が出て来て、食事の時に一緒に飲む事ができた。僕たちの昼食は大体毎回、こんな感じだったが、朝食はいつも泊まった宿屋で取る事もできた。夕食もそうだった。

フォート・ベンジャミン・ハリソンには、一九四〇年九月から一九四二年の七月まで住んだ。最初の何か月かは、緑のビルと呼ばれる建物に住んでいた。緑のビルは、古い兵舎だったのを、三か月間だけ家族が住めるように、転用されたものだった。かつては緑色に塗られていたから、緑のビルだったが、僕たちが住む頃には、塗られてからかなりの時間が経ったらしく、黄色みがかって色あせていて、百年以上経った建物のように見えた。

建物の造りは、張り出したひさし付きの黒い屋根がある、念入りに造った、大型貨物車のような感じだった。不吉な感じの見かけで、放棄された倉庫のようだった。どの家にも木地のままの張り出し玄関(ポーチ)があり、玄関のドアから、二・四メートルぐらい、そして、両側に二・四メートルぐらい伸びていた。僕たちの家のポーチはちょっと傾いていて、左側に木の階段が十段ぐらいあり、傾いたポーチへ続いていた。

なんで僕が、こんなにポーチについて詳しく説明できるかって？　この、幅二・四メートル　長さ四・八メートルの入口前の台で、僕は誰にも教わらないで、ひとりでローラースケートを習得しようとしていた。僕の人生の中で、最高の時間だった。歴史上未だかつていない、最高のスケーターのひとりになることを夢見ていた。この時代のローラースケートは、頑丈な靴の底にローラースケート用の、鉄でできた金具を、専用の小さなレンチを使いながら付け、革のバックルを靴の上に巻いたものだった。

テラスの床を滑り降り、ドアまで必死で戻り、また滑り降りてくる。何時間も何時間も、毎日していた。舗装されていない玄関前の道も、六才の子どもの冒険には、何の問題もなかった。道の向こうの駐車場は病院の敷地内だったので、そこは立ち入り禁止だった。

ドニーと僕は、雨で濡れていなかったら、このポーチの下で、おもちゃの車やトラックで遊んだ。道路工事の為の盛り土や、こんもりしている所をおもちゃの車で掘っていたら、不発弾の薬きょうを見つけた。結局それは60ミリ臼砲(きゅうほう)の弾だったらしいのだが、その時は全然そんなことは知らず家に持ち帰り、母さんに見せた。

ドニーが台所のテーブルの上に不発弾を置きながら言った。「ほら見て、僕たちが見つけたんだよ。」

母さんは金切り声できいた。「どこで見つけたの?」

「ポーチの下だよ。」と僕が説明した。

すぐに母さんは電話の所に行き、軍警官に電話をした。数分のうちに二人の軍警察官が家にやって来た。薬きょうを受け取り、すぐに、まだ見つかっていない他の薬きょうがあるかもしれない、と玄関ポーチの下を掘り始めた。他にも、家が建ち並んでいるあたりを探していたようだったが、他にもあるとは、僕には思えなかった。

結局のところ、爆発はしなかった。きっと長年の間に、火薬が劣化したのだろう。薬きょうは軍警察官が、廃棄場に持って行き処理したのだった。ドニーと僕にとっては間一髪だった。というのは、それをずっと取っておいて、遊ぼうと思っていたからだった。このことは、僕たちにとって、貴重な授業となった。〃軍の駐屯地では、決して弾薬を拾ってはならない。きっと本物で、きっと危険だから。〃だ。

ドニーと僕は、あちこちの横道や路地裏の　調査　に時間を使っていた。そして、よその家のごみも。―そう、ゴミだ。路地は燃え殻が敷き詰められて造られていた。石炭の燃え殻、暖炉の燃えかすなどだ。そこには、海外にいる兵士達から送られてきて、家族によって捨てられたものの中に、本当のお宝がある。それを見つけ出すのだった。僕は、こぎれいな鞘（さや）に入った、刀を二つ見つけた。家に持ち帰り母さんに見せたら、すぐに取り上げられ、二度とお目にはかかれなかった。

次は、ドニーと僕で、ヘラジカの頭を見つけた。僕たちは、母さんがそれを僕たちが持ち続けることを許してくれるかどうか確信がなかった。僕たちはそれを持ち上げて、路地の脇の車庫の一つにそっとしまっておく事にした。そして、丁度いい時を待つことにした。二・三日後に、母さんにヘラジカの頭を見せた。母さんは、ものすごくおこった！僕たちがヘラジカの頭を　所有　していたのは、倉庫にしまってあった期間だけになってしまった。ヘラジカの頭の一件で、母さんは、今が、　ゴミ狩り　を止めさせる時だと思ったらしく、あさり回る　という冒険は禁止となった。母さんは、　富はゴミの中にあり　という事を、ただ知らないだけだった。

僕たちが緑色のビルに住んでいた時、扁桃腺を取ってもらった。ある朝、母さんが僕たち三人を近くの病院に連れて行った。そしてその日みんな、扁桃腺を　引っこ抜かれ　た。アイスクリームを食べさせてもらい、その日の三時前には、家に帰ることができた。この時期には、子ども達がかかるほとんどの病気に、僕たちもかかったので、そこに住んでいる間中、年中といっていいぐらい、　隔離中　という札が、玄関に掛けられていた。

お医者さんがやって来るのを見つけると、僕は、とにかくベッドの下に隠れた。誰のベッドでもお構いなしに、とにかくベッドの下に隠れた。何度もベッドの下から引きずり出されたのを覚えている。弟のドニーは、注射を受ける時、どれだけ自分が勇敢かを、僕に見せつけたがった。僕がドニーに、　とっても痛いよ　と、ドニーが涙ぐむまで言っても、いつも、僕よりいい子でいようとした。僕は別に競争しようとしていたわけじゃなくて、大体、誰かが僕の腕に針を刺そうとしているのに、 いい子でいよう なんていう事は、訳が分からなかった。

フォート・ベンジャミン・ハリソンに着いてから程なく、緑色のビルから、新築の二階建ての家に引っ越した。フォート・ノックスで住むことになる家とそっくりだという事は、その時は、わかりようもなかった。

その家に引っ越して程なく、大きな飛行機が僕の家の向かい側に墜落した。歩道を横滑りしたのか、車輪は下へ折れ曲がり、道からそんなに離れていない所で止まっていた。狭い通りと、家の前庭の、丁度間で動かなくなっていた。C46だったと思う。ちょっとまがった翼の先が、僕たちの家の前に転がってきていた。父さんと母さんは、この状況を、到底受け入れられるものではないと思い、その飛行機が片付けられるまで、母さんは僕たちの側を離れずにいて、あの飛行機が落ちてきた時、もし通りを渡っていたら、恐ろしい事になっていた、と僕たちに話した。

僕が、姉さんのノーマの命を危険にさらしたのは、ここ、フォート・ベンジャミン・ハリソンだった。僕たち三人は、ある日の夕方、裏庭で遊んでいた。姉さんのノーマが逃げる役、ドニーと僕が おに になって捕まえる役だった。その時僕は、槍(やり)のつもりで、タンポポの根堀り道具を持っていた。僕は、ノーマを追っかけていた。ノーマが転んだ。僕はノーマの脇の土に、根堀りを刺すつもりだった。ノーマは僕が突き刺そうと思って、丁度刃が向かっていた方向に、身体を回した。ノーマの頬を刺してしまったのだ。ノーマは悲鳴を上げ、手を顔に当てた。血がどくどくと流れ、首の脇に流れ落ちた。僕はショックで立って見ているだけだった。ノーマの悲鳴に父さんと母さんが気付き裏庭に走ってきた。もう日が暮れて暗くなっていたので、悲惨な現場 を家の影がほとんど隠していた。実際に、傷は皮膚の下の肉までいっていたが、幅は小さかったらしく、母さんが白いタオルを姉さんの頬に当て、家まで歩いて行った。すぐに二人は病院に向かった。

二、三針縫った後、姉さんは、「大丈夫よ。」と僕に言い、僕は、「そんなつもりじゃなかったんだ。」そして、「ごめんなさい。」と、言った。暗く沈み込んだ雰囲気になった。

僕は、この野蛮な暴行で、縛り首になると思っていた。しかし、みんながノーマの心配をしていたので、ほっとした。僕は何が起こったかを説明しようとしたけれども、すべての事がおさまるまで、目立たないようにしていた方が賢明だと思った。この時を最後にノーマは、ドニーと僕と一緒に遊びたがることはなかった。僕は、ノーマに、米軍名誉負傷章（パープルハート） かなんかを贈らなければならないと感じていた。

その、レンガの二階建ての家に住んでいた頃、ある日、父さんが玄関に立っていた。丁度クリスマス前で、雪が降る、冬らしい日だった。父さんは、黒いぶちのある小さな白い犬を抱いていた。僕たちはずっと犬を飼いたいと言っていたが、母さんはいつも反対した。なぜなのか理由はわからなかった。僕たちは、学校で読んだお話の中に出てきた犬の名前を付けて、〝ハッピー〟と呼ぶ事にした。ハッピーは、ある夏の日、口から泡を吹き〝ハッピー(幸せ)〟ではなくなってしまった。母さんが自分の子ども達の安全のために、ハッピーを残してサンルームに鍵をかけ、駐屯地の警備員に電話をかけた。その人達は、ハッピーを連れていき、僕たちは二度とハッピーに会う事はできなかった。ハッピーとの生活は、とても短かったが、大きくなれなかった、あのかわいい小さな子犬を忘れた事はなかった。ハッピーは病気で死んだ事はわかっていた。後で、ハッピーは狂犬病で、僕たちも危険だった事が分かった。

イースターのある日、父さんと母さんは、僕たちをインディアナポリス(訳注　インディアナ州の州都)の中心街の　シアーズ　アンド　ルーバック　ストア　に連れて行ってくれた。僕たちはイースター色に塗られた　ひよこが、一羽ずつほしかった。母さんはハッピーを失ってしまった僕たちを、かわいそうだと思ったのだろう。ノーマと僕のひよこは長く生きなかった。でもドニーのひよこは、長生きした——食べられるくらい丁度良い大きさまで……。ドニーは、ひよこに〝ララベル〟という名前を付けた。なぜそんな名前を付けたのかはわからない。ララベルはある日、夕食に出てきた。僕たち三人は、誰一人食べることができなかった。なぜなら、ララベルは僕たちの友達だったからだ。僕たちはまるでお通夜のように絶望した気持ちで、夕食のテーブルを見つめていた。そう、それは本当に、お通夜ですよね？

駐屯地からそう遠くない所に、農家が何軒かあって、果実の収穫をさせてくれた。ある土曜日、僕の家族と、お隣のマッカビー一家の人達と、一緒に果実を摘みに出かけた。マッカビーさんの家には、サリーという女の子がいて、僕と同じ学年だった。二つぐらい上の兄さんがいた。（その兄さんは、チューバのレッスンを受けていた。あまりにひどい音で、隣近所のみんなは、時々頭の上で物が割れているように感じていた。）

出かける準備が整ったところで、お隣の家のお父さんのマッカビー軍曹は、具合が悪いので、出かけない方がいいようだ、と僕たちに言った。大体、お昼ごろに出かけて、家に戻って来た時には、夕方遅くだった。虫の知らせか、なぜだかわからなかったが、僕は、一番先に、お隣の、マッカビーさんの家の居間に入って行った。マッカビー二等軍曹は、ふかふかした椅子に腰かけていた。マッカビーさんは、眠っているように見えたが、椅子の感じで、何かがおかしい、と僕は思った。マッカビーさんの頭は片方にだらんと下がっており、両腕は椅子の肘掛けに投げ出されたままだった。読んでいたらしい新聞は、床に散らばっていた。父さんが丁度僕の後ろから入ってきて、マッカビーさんが亡くなっている事に気づいた。父さんは急いで僕たちみんなを外に出し、僕たちの家に連れて行った。僕はなぜ、マッカビーさんが亡くなったのか、わからなかった。とても不思議で怖かった。救急車が呼ばれ、運ばれていったが、なす すべがなかった。僕たちが、出かけたすぐ後に亡くなったのだった。

マッカビー一家は、父親が亡くなったので、引っ越すことになった。お葬式の何日か後には、マッカビーさんは、思い出に変わっていった。僕は、その時初めて、亡くなった人を見た。一生忘れることができないだろう。

僕たちは、インディアナポリスのセント・フランシス・デ・セールスの学校に通った。僕は、小学一年生だった。一年生の教室は、中央の校舎から運動場を隔てて、平屋の長い木造りの建物の中にあった。建物は、白く塗られ、一方は、一面、窓だったが、反対側には全然窓がなかった。レンガ造りの三階建ての、中心となる建物は、運動場の向こうにあった。僕の席は、左側だったり、右側だったりした。左側は壁側。右側は窓側だった。

この木造の建物で学んでいる時に、初めてポリオ（小児麻痺）の女の子に会った。僕の丁度後ろの席だった。その子が、床に鉛筆を落としたので、自分で拾おうとして、前にかがんだきり、動かなくなった。先生が鉛筆を拾うようにその子に言った。その子は動かない。

また先生が、「サラ、鉛筆を拾いなさい。」と、大きな声で言った。そして三回目、「サラ、今すぐ鉛筆を拾いなさい。」

サラは動かない。僕は後ろを向いて、サラの鉛筆を拾おうとしたが、先生が言った。

「だめ、ジェイ、サラに拾わせなさい。」

僕は先生を見上げると、先生は目で、前を向きなさい。放っておきなさい。 と 合図をした。その時僕は、サラの目を見た。無表情なのに、激しく怯えた目だった。ほんの一瞬、サラの目が激しく虚空を見つめたように見えた。その目は長い事、僕の心に刻まれた。僕は、おののき、どうなるのだろうと思いながら、先生の言う通り、前を向いた。

結局先生は、何かがおかしいと気づき、サラのほうに歩いて来て、かがみ込み、サラの凍った表情を見た。サラは、身体をかがめたまま、動けなくなっていた。先生は、生徒の一人を、真ん中の建物まで、保健室の先生を呼びに行かせた。

保健室の先生は、サラを診た後、救急車を呼んだ。僕たちは、二度とサラには会えなかったが、サラは救急車で病院に連れて行かれて、ポリオだという事だった。僕たちは、サラのためにお祈りしましょう と言われた。

ポリオへの恐怖は、誰の気持ちの中にもあった。

毎年、何人も何人も、この恐ろしい病気で、子ども達が学校を離れた。ルーズベルト大統領も一九二一年に、ポリオのウイルスに感染していた。大統領の苦悩を知る人は、この病気にかからない人は誰もいないし、避難できる場所など、どこにもない、という事を感じていた。

普段、姉さんのノーマと僕は、学校へはスクールバスで通っていた。時々街で買い物をする母さんが、僕たちを学校から拾ってくれたので、母さんがいない家に帰る、という事はなかった。母さんが僕たちを学校に迎えに来てくれたある日、学校の向かい側の通りに、母さんは車を停めようとした。僕は、母さんの車に続いて走っていた車の前に、走り出してしまった。僕は空中へ飛ばされ、母さんが恐怖におののく中、学校を囲んでいるサイクロン防護柵で跳ね返り、コンクリートの脇道に落ちた。学校の隣の家で気が付いた時に覚えていたのは、そこまでだった。救急車を待つために、そこに運ばれたのだった。

救急車が着いて、僕はストレッチャーで運び出された。救急車に乗せられようとしていた僕は、救急車の一方のドアを掴み、「僕は生きてるよ！　僕は生きてるんだよ！」と叫んだ。僕は、救急車を、遺体安置所に向かう霊柩車だと思ったのだ。

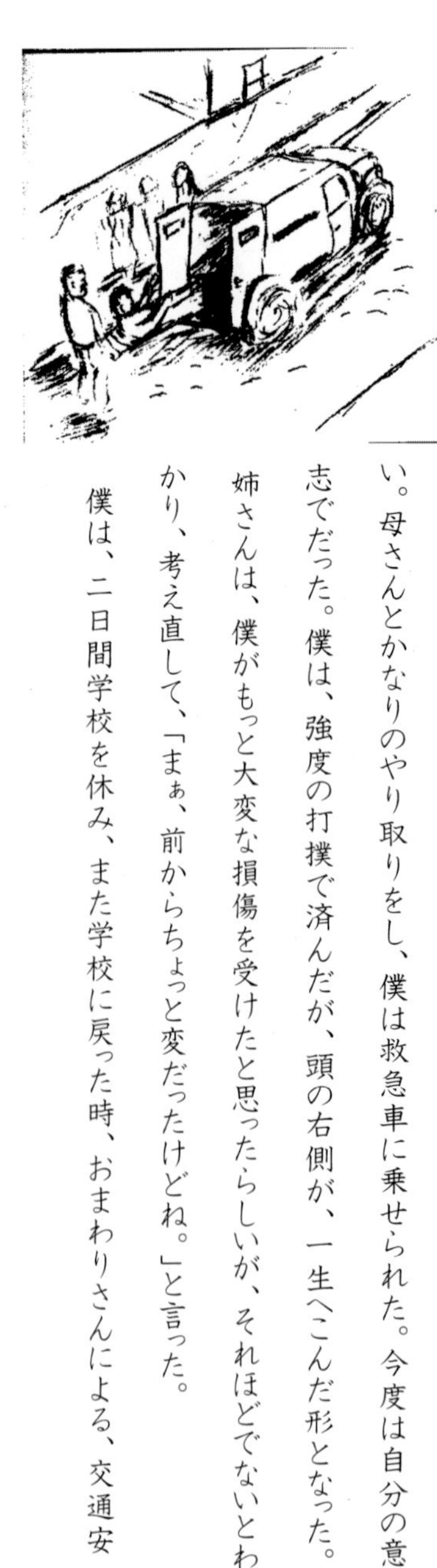

最初この車は、僕には赤く見えた。救急車ではない車に、乗せられようとしていると思った。救急車は実際は白かったのだけれど、頭を打ったせいで、一時的に色を識別できなくなっていたらしい。母さんとかなりのやり取りをし、僕は救急車に乗せられた。今度は自分の意志でだった。僕は、強度の打撲で済んだが、頭の右側が、一生へこんだ形となった。姉さんは、僕がもっと大変な損傷を受けたと思ったらしいが、それほどでないとわかり、考え直して、「まぁ、前からちょっと変だったけどね。」と言った。

僕は、二日間学校を休み、また学校に戻った時、おまわりさんによる、交通安

全の　お話　があった。学校の生徒全員が、危険な道路の渡り方を、僕の名前から〃ジェイ　ウォーキング　〃と、おまわりさんが名付けたと思った。お巡りさんがお話の中で、〃Ｊ　ウォーキング　〃（訳注　道路を、車を無理やり止めながら勝手に歩くこと）と　言うたびに、顔を僕の方に向けるので、僕は真っ赤になった。（ところで、僕がレンガ造りの三階建ての校舎に入ったのは、この時だけだった。お話しは、この建物の中で行われ、一年生全員が教室より大きい部屋に入ったのだった。）

僕は別に、上級生たちのための、この大きな教室に来れたからといって、車にはねられて良かったと思っていたわけではない。この教室に来れたことは、別に　たいしたことではなかった。一方は窓だけで、一方は壁だったのは、運動場の向こうに建つ白い建物と、中はほとんど同じだったからだ。

少しの間、僕は有名人だった。〃車にはねられて、その事を話すために生き延びた子ども　〃、こんな名誉は必要なかった。

休み時間にグラウンドに行くと、必ず人が集まって来て、血みどろの一部始終　を聞きたがった。少し経つと、僕を取り巻く興奮はやわらぎ、だんだん人目を引くこともなくなった。二、三週間経つと、物珍しさは去り、普通の日常に戻った。

学校では、その年、他にも問題が起こった。結膜炎が学校全体に広まった。七十％以上の生徒達がかかった。奇跡的に家族誰もかからなかったので、僕も、結膜炎になってせめられるような事は無かった。

その頃、フォート・ベンジャミン・ハリソンには、ほとんど兵隊さん達はいなかった。訓練を終え、離れて行ったからだ。ある土曜日の朝、母さんと僕たち三人は、路面電車に乗って大きな町に行くために、駅に向かって歩いていた。駅にも、駅の近くにも、誰もいなかった。路面電車に乗っているのは、運転手さん以外、僕たちだけだった。あんなにたくさんの兵隊さん達が、行ったり来たりしていたのに、まるでゴーストタウンのようだった。

八月の朝早く、学校に着ていく新しい服を買ってもらいに行く時だった。僕たちのかあさんのお気に入りはシアーズだった。結局はいつもそこだった。母さんは、僕たち男の子には、チョコレート色のズボンとそれに合わせて上着と、ひさしが付いた帽子を買った。僕がお店の中をぶらぶらしている間に、店員さんは、ドニーに、〝キャプテン〟と書いてあるワッペンが袖についている上着を選んでくれていた。

僕が母さんの所に戻って来ると、買った分のお金を払っている所だった。僕はドニーのその、〝キャプテン〟と書いてあるワッペンを見て思った。僕は　ドニーより年上なんだから、〃キャプテン（大尉）〃より上官の、せめて、〃メジャー（少佐）〃だよな　と思い、店員さんに、メジャー　の上着は無いかどうか聞いた。

店員さんは、メジャー　というワッペンがついている上着は無いし、　キャプテン　と付いたものも、もう他には無い、という事だった。店員さんは、全部売り切れた、と言った。世の中に正義というものはないのだろうか・・・・。

僕たちは靴を買いに、トム・マッキャンに行った。トム・マッキャンでは、昔話の絵本が、ただで、もらえた。とても素晴らしい読み物だった。もっと本を読みたい、というきっかけになった。このころ、その靴が足に合うかどうか店員さんが台に乗り、お客さんの、靴を履いた足の、レントゲンを撮っていた。この機械を使えば、その靴が合うかどうか、親たちは安心できる、という物だった。子ども達は、その靴が好きなら、　丁度いい　と言うだろうし、嫌いなら、　サイズが合わない　と言うのだろうが、レントゲンは正直だった。

僕たちは、駐屯地の集会所でのミサに行った。ミサは、分厚い革製の椅子とソファがある、大きな部屋で行われ、祭壇は、窓が並んでいる前に、間に合わせで置かれてあった。椅子とソファは窓に向いていて、暖かい太陽の光が入り込んでいた。冬や、早春に、分厚いけれども柔らかい革のソファに差し込み、ほんわか　とした、暖かい、心地いい気分を誘うのだった。こんなふうに、素敵なお天気のいい朝は、ソファに深く座って、お祈りが始まる前にすぐ眠ってしまっていた。 我が 生涯の 忠実なる 監視者 の ノーマが、いつも僕の横にすわり、僕が、ずっと眠りこけてて、これ以上の正義の不履行が無いように、請け負ってくれていた。

ある冬の、日曜日の朝、前の晩から雪が降り続いていて、時折、強い風が吹いている中、僕たちジョンソン一家は、教会に行く準備をしていた。皆、一九三八年型四ドアの黒いフォードに乗り込み暖かさに包まれながら、激しい、身を切る寒さの中に向かって行った。ヒーターは、最大にしていたのに、車の内部は、前の方しか温まらなかった。

フロントガラスには、強い風が打ち続け、ワイパーにも雪が付き始め、窓ガラスからは半円分しか外が見えなかった。父さんが、やっと、雪に覆われた前の道を見ることができる状態だった。突然、雪が舞い上がり、二頭の大きな馬に引かれた、荷馬車が現れ、道路いっぱいに、行く手をはばんだ。馬は後ろ脚立ちになり、荷馬車は斜めに横滑りした。それでも、馬も荷馬車も止まらなかった。この狭い道で、どこにも逃げ道がなく、父さんは、すごいスピードにもひるむことなく、今さっき、除雪車が通って、かき分けて行った右の雪だまりに、ハンドルを切った。

雪だまりに突っ込んだ途端、そこでは止まらず、小さな木が、森になっているような、急勾配の、土手のようになっている所にすごいスピードで、傾きながら進んで行った。車があっちこっちに行きながらも、父さんは勇敢にブレーキを作動させていた。もう、進んで行く道も場所も無くなり、何本かの木にぶつかって、止まった。ドニーは後ろの席から、前の席のダッシュボードの下に投げ出されていた。完全な静寂になった。冷たい風の音が聞こえるだけだった。時が止まったようだった。

やっと母さんが、「誰か怪我しなかった？」と言った。

僕たちはみんな、首を横に振った。呆然としすぎて、しゃべれなかった。みんな車の外に出て、怪我しなかったことを神様に感謝し、たった今壊れた車の脇を通って、雪に覆われた丘を登った。僕たちは、人だかりができていると、少なくとも荷馬車の人たちはいるだろうと思いながら、丘を登り切ったが、誰もいなかった。教会に行くのをあきらめ、吹雪の中を五キロメートル近く歩いて、家まで帰った。

車は引き上げられ、修理してもらった。タイヤは取り換えた方が良いという事になった。新しいタイヤを手に入れる事は、車を修理をしてもらう事とは、全然違う事だった。タイヤは、配給品に含まれていたのだ。

暗い中、一家全員で、のろのろと町まで車を動かし、ゆっくりとタイヤ販売店の裏口に入って行った。父さんは車庫のドアを開け、クラクションを二回鳴らした。すると車庫が開いた。僕たちの車は、暗く、明かりのついていない車庫に、入って行った。通りからの明かりが、父さんとお店の人のシルエットを作っていた。二、三分、二人は話をした後、父さんは車に戻って来て、ご飯を食べに向こうの通りへ行こう、と言った。その間に、新しいタイヤが付けられ、家に帰ったのだった。

タイヤはとにかく不足していたので、このような　秘密の話し合い　は、タイヤを必要としている人とのトラブルを避けるためにも、必要だったのだ。誰にでもいきわたる、というものではなかった。もしタイヤが必要なら、先にリストに名前を載せてもらい、タイヤが来たら、許可の手紙が来て、認定を受けた店から、タイヤを受け取るのだった。古いタイヤは工場に送られ、リサイクルとなった。

第五章　ゴールドヴィル

僕たちの父さんは、フォート・ノックス（　訳注　ケンタッキー州　）に転属になった。家が準備されるまで、フォート・ノックスの、駐屯地内に住むことになった。やっと住む所が整えられ、母さんと僕たち三人が、父さんより一足先に、母さんの運転で向かう事になった。母さんは、運転は上手だったが、僕たち三人の子どもは、ちょっと緊張していた。

ノーマが前にすわり、ドニーと僕は、一緒に遊べるように、後ろの座席に座った。〝31ｗ〟を通って行くことが分かったので、三人は声を揃えて、「♪　高速道路31ｗは、まっすぐ　まっすぐ　前へ進むーまっすぐ走る高速道路31ｗー　前へー　♪」と、母さんが　もうやめなさい　というまで歌い続けた。

家を離れる前に、父さんは、ケンタッキー州では、みんな靴を履かないんだよ　と僕たちに教えてくれたので、車の中ではずっと靴を脱いでいた。駐屯地に着いたら、勿論　はだし　は許されていない、と言われ、学校でもはだし禁止　だし、だから、　ジョンソン家の三人の子ども達は、靴を履かずに外に出るのは、禁止だった。　なんてこった、がっかりだ。

ジョンソン一家は、ケンタッキー州に着き、フォート・ノックスの駐屯地から、高速道路を隔てた、ゴールドヴィルという地区の、軍の施設のような団地に住むことになったが、軍の階級や勤務期間によって、住む所が決められていた。ゴールドヴィルと呼ばれているのは、国の金庫があるからだった。

日本がパールハーバーを爆撃した、というニュースを初めて聞いたのは、ゴールドヴィルにいる時だった。

父さんは、中尉の任命を提示されていた。しかし父さんは上官に、大尉　か　それでなければ、　階級無しで、と申し出て、無階級となった。この時父さんは、フォート・ノックス勤務を命令されていた時だった。　中尉への昇格は、自分の制服は、自分で買わなければならず、海外に派兵されることも意味していた。きっと父さんは、家族が大変になると思ったからだろう。もし、　大尉　になれば、僕たち家族は、経済的には大丈夫なのだが、海外に派兵される資格あり、　とされるのだった。結局父さんは、第二次世界大戦の間中ずっと、フォート・ノックスにいた。父さんは、第一次世界大戦中のフランスでは、戦闘の中にいる〃戦う象〃を見た事がある。（訳注　第一次世界大戦経験者であるという意味）　若い男の人は全部戦争に行かなければならないのに、戦争経験のある僕たちの父さんが、海外には送られない、この状況を良しとしない何人かが、親戚の中にはいた。父さんは、戦争の恐ろしさを見ている　という事を、考えてはいない人達だった。第二次世界大戦が始まった時、父さんは四十才を超えていて、退役の年も過ぎていたのだ。

一九四一年十二月七日がやって来た。（訳注　日本時間十二月八日）この日に世界が一変した。アメリカ合衆国は、戦争に突入した。父さんや母さんと親交があった人は、誰一人驚かなかった。その人達は、近い時期に戦争が始まる事を、知っていたようだった。ただ一つ、日曜日に爆撃された、という事が驚きだったようだ。ハワイでは、（名前は憶えていないが、）ある海軍大将は、　もしかしたら日曜日または祝日に日本はパールハーバーを攻撃してくるかもしれないが、一番可能性が高いのは、イースター（一九四二年四月）だと思う、とハワイの新聞に答えていたり、学校の先生でもある教会のシスターたちの一人は、一九四一年の年末近くにハワイが攻撃されるだろう　などと予想していた。

何が起こっているのかわからない人達、もしくは、信じたくない人達、は、きっと驚いたのだろうが、驚いてはいないように、起きている事に耳を傾け続け、論理的に考えようとしていた。

その日のうちに攻撃の事は、駐屯地に知らせが入り、次の日から、父さんと相談するために、軍の施設から兵隊さん達がやって来た。その人達は、戦争の経験があり、物資が不足していく中での戦いを経験した兵士と話をしたかったのだ。みんな、父さんの経歴を知っていたのだ。兵隊さん達だからこそ、なおさら、いろいろな事が意味するものに、恐れを抱いていたのだった。

戦争が僕たちの国にやって来た、でも、誰も準備はしていなかった。僕たちの母さんの一番下の弟だったジムおじさんだけは、外地で働いていた。ジムおじさんは蒸気パイプの修理工として、その時はミッドウェイで働いていて、日本との戦争に備えて、防衛施設の建設をしていた。日本がパールハーバーを攻撃した時、ミッドウェイも攻撃されていたのだ。ジムおじさんは、攻撃された日、爆撃を避けることができた。爆撃の後、すぐに兵士以外のアメリカ人はすぐ本国へ送り返された。戻ってすぐジムおじさんは、選抜派遣され、もう一方の最前線のドイツでの戦争を経験することになる。

日本は、パールハーバーを攻撃する、などという、初めから、大きなミスをしていたのだ。アメリカ人全員が、この戦争には、アメリカが勝つと思っていた。それは確かだったが、いつ終わるか、どのぐらいの犠牲が出るのか、その事だけが不確かだった。僕たちが、最も親しくしている、陸軍の常勤隊員の人達の中では、戦争は終わるから、何か急いで、物事を整える必要があるという会話は、あまりなかった。この事は、少し楽観的だった。誰もいつ戦争が終わるか、わからなかったからだ。

このころのニュースは、夕方のたった十五分だけだった。父さんと母さんは、ウォルター・ウィンチェルという名前のリポーターのニュースを聞いていた。毎晩彼がラジオに登場すると、ラジオは既にスイッチが入っていて、父さんと母さんは、静かに、ニュースが始まるのを待った。それから、トントン　ツーツーというモールス信号の打電音があり、ウォルター・ウィンチェルの早口の、マシンガンのようなリポートが始まるのだった。

「今晩は、アメリカの男性の皆さん、女性の皆さん。国の端から端まで、海岸から海岸まで、そして、航海中の船の皆さん、さあ、ニュースです。」

ニュースは、いつも、なんだかざっくりで、何が本当に起こっているか、　の、隠された手掛かりの、ほのめかしだけだった。

「太平洋のどこかで、動きがあります。損害がもたらされていて、――――
兵力の大きな強化が、――――」

何が起こって、何が起ころうとしているのかには触れないまま、誰でもが、何でも想像できるようにするのだ。

十五分は終わりに近づき、ウォルター・ウィンチェルは、こう言うのだった。「便りのないのは良い便り」。

僕は、本当に良いニュースが無いのか、それとも、そもそもニュースが無いんじゃないのか、と思っていた。

戦争が始まって間もなく、ドニーと、ひとりの友達(彼の名前は、彼の名誉のために伏せておく)で、僕たちが住んでいる所から、800メートルぐらい離れた所にある、国家金庫を見に行くことに決めた。そこは、合衆国政府が、金(きん)を貯蔵しておく所だった。

国家の金を守るために、厳しく防御されていることを、今では誰でもが知っている。僕は、弟とその友達が、そんなことを考えているなんて知らなかったが、弟の　正しい心　が、そんな事をするとは、誰も思っていなかったと言っても、過言ではなかった。

二人は貯蔵庫の周りの柵にたどり着いたが、その柵を、どちらかが触ってしまった。サイレンが鳴り、警笛が鳴り、呼子が鳴り、何百人もの警官たちが走ってきた。軍隊警察官もジープに乗ってやってきた。そうこうしているうちに、ドニーとその友達は、森の中に逃げ込み、二度と後ろを振り返らなかった。騒ぎが納まるまで、これは小さな秘密となった。

ゴールドヴィルから、フォート・ノックスに引っ越す、丁度前、ドニーが、夕食の時間になったので、家に帰ろうと歩いていたら、中くらいの大きさの犬が追いかけてきて、ドニーは足を噛まれた。ドニーはその犬から離れることができ、家に走ってきた。丁度、父さんが、フォート・ノックスの勤務場所から帰ってきた時だった。

ドニーは家に入ってきて、「犬が噛んだ！犬が噛んだ！」と叫んだ。

父さんは、「どこで噛まれたの？連れてって。」と言った。

そして、ドニーと父さんは、その犬を探しに出て行った。通りの向こうにいる犬を見つけ、家の裏から犬に近寄ろうとしたら、犬は二人を威嚇し、襲い掛かろうとしてきた。犬が空中に飛び上がるように二人に突進してきた時、父さんは、すぐに銃を取り出し、その犬を撃った。犬は死んだ。その犬の飼い主と、軍警察とのちょっとした対立はあったが、何事も無く、最後は収まった。犬は、埋めてあげた。僕たちがゴールドヴィルを離れたのは、この出来事の後で良かった。近所付き合いの難しさを知った。

第六章　学ぶこと

ゴールドヴィルとフォート・ノックスの違いは、不毛の砂漠地帯と楽園ぐらいの差だった。ゴールドヴィルは、すべてが、安造りの新しい建物で、戦争になって人々が殺到し、急造されたものばかりだった。兵舎と同じような種類の、四世帯集合団地を建てる土地を確保するため、大部分の木々が、取り除かれていた。

まだまだたくさんの家が建設中で、弟と僕は、ほとんど赤土か、切株の間で遊んだ。その中に　サッサフラスの木の根っこがあった。（訳注　クスノキ科）　僕たちは家に持ち帰り、母さんがサッサフラスのお茶を作ってくれた。泡が無い、ルートビールのような味だった。

ゴールドヴィル地区は、樹木がなくなり、荒涼としていた。その反対にフォート・ノックスは、木々に囲まれ、ほとんどの通りは、木々で縁取られ、美しい木陰を作っていた。

僕の興味は、科学へと変わり、昆虫と植物へ向かって行った。採集物の山のような、昆虫を見てから、自分も採集を始めた。家族は誰もそれを受け入れてくれなかった。死んだ虫を、板に並べてピンで刺すなんて・・・・。ある日、お腹に赤い斑点がある、本当にかわいい黒いクモのとりこになった。まだ生きている、そのクモを、隣のおばさんに見せた。ガラス瓶の中にいたクモを見たそのおばさんは、ヒステリックになり、「ブラックウイドウ　ブラックウイドウ」（訳注　クロゴケグモ）と叫びながら、家の中に入っていった。

僕は、小さな昆虫の本を持っていた。この、普通でない反応に、急いでその本で、クロゴケグモを探した。となりのおばさんの反応と、説明を読んだ時の記憶は、今でも鮮明で、冷や汗が出る。僕は、この危険な　殺人者たちを　、　始末する方法を見つけなければならなかった。僕はいい方法を思いついた。ドニーに蓋を開けてもらい、僕が、野球のバットでたたく。それが計画だった。

計画は、いつも思った通りになるとは、限らない。ドニーに僕の計画を話した。弟は、僕の言った計画を、繰り返し　言った。そして僕たちは、実行した。僕たちは、家の裏の、〃バッター　〃が充分に手を伸ばせる広さがあり、例え　犠牲者　が脱走しても、追いかけていける広さがある場所に、行った。ドニーがゆっくりと蓋を取り、僕たちは、その　クモ　が八本の小さな足で、出て来るのを待った。

クロゴケグモ　が、八本の足で、自由を求めて脱走するのを、見た事があるだろうか？　クロゴケグモ　は、速かった、とても速かった。最初の全力疾走に、僕は、バットを地面に強くたたきつけた。狙いは大きく外れた。

まぁ、30センチぐらい。僕は何度も何度も、振りおろした。　クモ　は　スピードを増していった。やっと、そいつをたたくことができた。

その時、僕は汗びっしょりで、心臓がどきどきで、胸に穴があくような感じだった。それから一か月ぐらい、僕は、　クモの、　ものすごい数のクモの、夢を見続けた。この日から、僕は、大きさに関わらず、どんなクモでも、苦手になった。クモは、採集の板に加わることは無かった。

結局、僕の興味は、植物の方に向いたので、家族は少し安心した。

僕は、家の前にチューリップを植え、水をやり、花が咲くのを待った。ある日曜日の朝、お日様も出たし、チューリップはどうなってるかな　と期待して外に出た。おどろくなかれ、なんと！　僕の目の前に、今まで見た事もない、ものすごくきれいな白いチューリップが、咲いているじゃないか。僕は、家に入り、母さんに教えて、そして　この豪華な花を見てほしかった。

母さんと僕は、家の前に急いだ。と、丁度、その時、お隣の、五才の男の子が、小さなぷくぷくした手で、花を摘み、その子のお母さんに差し出した。そのお母さんは、かがんでその子から花を受け取り、その子にキスをした。

僕は複雑な気持ちで、母さんとそこに立っていた。僕は悲しかった。僕が母さんにあげたかったのに・・・。でも僕は、ある意味、誇らしくもあった。なぜなら、その小さな男の子にとって、僕のチューリップが、その子のお母さんにプレゼントするのにふさわしいと思ってくれたからだ。母さんと僕は、しばらくそのお母さんと男の子を見ていた後、家の中に入った。母さんと僕はお互いに、大切なのは気持ち　という事を知っていたし、この出来事の結果に二人とも幸せを感じていた。

ゴールドヴィルに住んでいた時、僕たちは、41キロメートル以上離れた、ヴァイン・グローブの学校に通っていた。学校と教会の名前は、　セント・ブリジット。軍が学校へ通うバスを用意してくれた。バスは、三十人乗りだったが、たった五人の子ども達が乗った。三人は、ジョンソン一家の僕たち姉弟、そして二人は、マッカビー一家の子ども達だった。マッカビー一家が引っ越すまで、この状態は続いた。

最初の秋、僕は冬のコートを学校のグラウンドに忘れてきてしまったので、母さんは、僕を乗せて、そのコートを取りに学校まで車を走らせなければならなかった。僕は忘れ物の名人だった。このころは、ガソリンも配給制だったので、この何回かの往復のおかげで、二か月分のガソリンの配給切符は、無くなってしまう事になる。僕は、いつ、その切符が無くなるか聞けなかった。

軍のバスは、帰りはいつも僕たちを町中で降ろすので、僕たちは、他の学校からのバスに乗り継いで、家まで帰っていた。僕たちが軍のバスを降りる停留所の丁度角に、お菓子屋さんがあった。僕たちは、乗り継ぎのバスが来るまで、お菓子屋さんに入って、好きなお菓子を買う時間があった。このお店は、今のお菓子屋さんで見る物とは、だいぶ違うお菓子を売っていた。飴、チョコレート、さくらんぼ味のお菓子、などなど、長い紙に包まれていたり、ワックスの形（訳注　ボトル型）をした入れ物に、なみなみと　入ったジュースなどなど。僕のお気に入りは、いろんな味の棒型キャンディだった。ステッキ型キャンディの、上が曲がっていない形のものだった。

その冬、学校で、クリスマスの劇をすることになり、僕は、羊飼いの役だった。次の年には、昇格して、三人の東方の賢者　のひとり　の役になった。弟はナレーターの役で、「女の子達も　男の子達も、みんなぐっすりと眠っているかな？」と言わなければならなかった。何回練習しても、「男の子達」という部分を、言うのを忘れた。きっと弟は、クリスマスイヴの夜には、男の子達は、ぐっすり寝なくていいと思っていたんじゃないかと思った。父さんと母さんは、そこを忘れないように、と思って　ひやひやしながら、劇を見ていた。その時が来て、ドニーは、「女の子達はぐっすり眠っているかな?　あ、それから、男の子達もね。」と、まあ、大体、合っていた。

学校は、二つの教室があり、四学年ずつ一緒で、(訳注　アメリカは八年生まである)　それぞれの教室で勉強していた。全校で百人はいなかったと思う。二教室とも、たくさんの机と長椅子が並ぶ、大きな講堂に続いていた。そこは、僕たちがお昼を食べたり、何か、八学年一緒に、行動をするときに使う場所だった。

二年生には、八人の女の子と、二人の男の子がいた。この学校は、農家が多い場所にある学校だったので、もう一人の男の子は、農場のお手伝いをするために、時々早く家に帰った。何度もお姉さんたちが学校に迎えにやって来て、靴を履かせて、一緒に帰るのだった。他の学年の男の子達も同じようなことがあった。

学校には、男の子が少ないので、僕は、何人かの女の子にもてはやされていたようだ。勿論、僕はいつも女の子達とは距離を置いて、お昼ご飯の時、誰か女の子が隣に座ったら、別の所に行って、必要が無ければ、女の子達とは、話をしなかった。でも一人だけ、サリー　はいつも、僕の目の前にいた。

クリスマスの時に、プレゼント交換のために、誰にプレゼントを贈りたいか、名前を、書き出し合った。その年は、みんなが、クリスマスプレゼントをもらった。僕は二つもらった。サリーは贈りたい人、二人の名前を書き、僕も、そのもう一人と同じように、もらった。父さんと母さんは、それを見つけて、クリスマスの、何日間かずっと、僕を冷やかした。まだ僕は、ガールフレンドとかいう事への、準備はできていなかった。

クリスマスの劇の後、フォート・ノックスへ帰る途中、僕たちは、駐屯地のゲートを通らなければならなかった。

守衛さんは、駐屯地の勤務時間を終える前に、クリスマスをお祝いしていたようだった。（訳注　酔っぱらっていた。）　ノーマと僕は、車の後ろの席で寝ていて、銃声を聞いて、何かが起こった事に気づいた。

ドニーが教えてくれたことには、「守衛さんが僕たちの車の前に立ち、車を止めさせ、ゲートを通らせないつもりだったんだ。」

父さんが車から降りたら、守衛さんが空中に威嚇射撃をした。すると、父さんが車に戻って来た。ドニーが父さんに、「何もしないの？」と聞いた。父さんは、「父さんがあの守衛さんのピストルを取り上げた事を、あの守衛さんが気付くまで、ちょっと待ってて。」と、取り上げたピストルを見せながら言った。それから父さんは、車をスタートさせ、そこから離れることができた。

クリスマスは、ジョンソン一家にとって、毎年とても特別な季節だった。戦争中の、その時代のクリスマスが一番楽しかったクリスマスだった事を、覚えている。本物の木のクリスマスツリーは、絶対必要だった。なぜなら、父さんが、こだわったからだ。それも、大きなツリーが良かったのだ。

ゴールドヴィルでの初めてのクリスマス、父さんがクリスマスツリーのための木を、家に持ってきたが、天井よりも90センチぐらい高かった。父さんは、僕たち子ども達に、「木のてっぺんを切った方がいいかい？木の下を切った方がいいかい？天井に穴をあけた方がいいかい？」と聞いた。

勿論答えは、　木の下を切る　なのだが、父さんは、僕たちをからかっただけだったので、僕は、「天井に穴をあけよう！」と言った。

その時、家族全員が、まるで僕が火星からでもやって来たように、僕を見た。

「だめよ、そんなことしちゃいけないわ。」と、まるで僕が本気で言ったように、ノーマがとても真剣に、きっぱりと言った。　まぁ　そうだね。ふざけていい時と　いけない時があるよね。今は、ふざけて〝いけない〟時だった。それからあとは、僕が何を言っても無意味だった。とんまなジェイが　間違ったことを言ったのだった。

モミの木を立て、電球をつけ、キラキラの紐を付ける番になった。父さんは、キラキラの紐を両手いっぱい持って、木に放り投げて、付けた。

「そんな形じゃないわよ。」と母さんが真剣に、きっぱり言った。

父さんは、「自然の中で、雪がどういうふうに降って、つららはどういうふうにできるか、どうしてわかるの？」と返した。

僕は、父さんが、良いポイントを取った　と思った。そのあと、二言、三言の会話の後、母さんがとうとう勝って、キラキラの紐の　かたまり　は取り除かれ、一本ずつ、一ラインずつ、になった。僕はやっぱり父さんの方が、正しかったと思っていたが、何も言わなかった。「天井に穴をあける。」という一言を言って、もうすでに、ヘマ　をやっているからだ。もしここで、父さんの意見に賛成したら、母さんに賛成しているノーマが、きっとまた、僕の意見を正そうとしただろう。

　そのクリスマスに、ドニーと僕は、ボクシングのグローブと、ランバージャックブーツ　を　サンタクロースから、もらった。僕は、歩道を歩くたびに、かかと　から音が出る靴をずっとほしいと思っていた。今ではちょっと変かもしれないが、一九四〇年代から一九五〇年代にかけては、子ども達は、靴の、つま先とかかとに金属製の板を付け、歩くたびに音をさせていた。ゴム靴が配給となったので、だんだん売り出されることが、少なくなった。革底靴も、同じ理由で流行していた。靴の底の金具は、木の床に　跡を　つけるから、と禁止された。母親達、先生達、どちらからも禁止された。革製の　かかとはすべすべした硬い木の床や、タイルの床の上は危険だった。

　やっとジャックブーツを履くという願いが叶う事になった。試し履きが待ちきれなかった。クリスマスのプレゼントを全部開け終わり、真夜中のミサに行く時間を待っていた。待って、待って、時間が止まったように感じた。この夜ほど、ミサの事が気になったことは無かった。

　やっと、出かける時間になった。皆で　わいわいと　玄関のドアへ向かった。僕は外へ走り出した。雪が降っていた。よりによって〝雪〞。ジャックブーツだって、どんな靴だって、〝雪〞の上では音なんかしない！

何回か雪の上で、ドンドン　としてみたが、仕方がないとあきらめて、別の日まで、踏み鳴らしは、取っておくことにした。僕たちは、静かに教会へ出発した。すべての音が、消音機のような雪で、消された。

次の年のクリスマスには、時計を待ち望んでいた。時々、正直に、それとなく言っていた。母さんが〝時間〟という言葉を口にしたり、何時か聞いてきたりした時に、何もない手首を見て、そして母さんを見て、キッチンに走っていって、大きな声で時刻を答えた。

クリスマスまで、プレゼントを開けるのを、びくびくして待っていたので、感情の高まりは、この時が、断然一番大きかった。それ以降は、新しかった事はすぐ古くなり、期待や興味はどこかに行き、虚脱感の時が来る。このクリスマスがそうだった。それも、二倍で。

この時のクリスマスに、素敵な腕時計をサンタクロースからもらった。真夜中のミサに出かける前に、その日の朝に、サンタクロースからもらったプレゼントと、家族からのプレゼントを、僕たちは開けた。この年は、サンタクロースから時計をもらっただけでなく、懐中時計をメリーベルおばさんから、もらった。

僕が、箱を開けると時計が入っていて、母さんは、「あら、残念ね。時計が二つだなんてね。」と言った。

僕は、母さんの方を向いて、嬉しくて　ぼぉーっとしながら、「そんな事ないよ、今までのクリスマスの中で一番だよ。ほしかった物が、二つももらえたんだもの。」　時計が二つだなんて、これ以上幸せな事は、他には考えられなかった。本当に幸せなクリスマスだった！

このころは、実はもう、サンタクロースがいるとは信じていなかったが、自分でそれを認めたくはなかった。ノーマはそれを気にしていた。ノーマは僕に、「サンタクロースはいないって事、知らないの？」と言った。僕は、「何か問題ある？僕たちがプレゼントをもらうクリスマスの時、サンタの話をするじゃない？そして、みんな幸せになる。サンタの事を信じなかったら、そういう事が全部終わっちゃうんだよ。だから、僕はこれから一生サンタクロースを信じ、クリスマスを祝う気持ちを持ち続けるよ。」と言った。サンタクロースは、概念なのだ・・・音楽のようなものだ。見えないけれども、そこには　いる。人それぞれに、違った感情や気持ちを与えてくれる。サンタクロースは、そういうものなのだ。

第七章　仲間

僕の弟、ドニー（今はそう呼ばないけれど）は、いつも　仲間だった。友達は引っ越して行ったりして、時々変わったり、いろいろな理由で、もうつきあわなかったり、だった。僕とドニーは、ほとんど同い年で、ドニーの方が、十六か月、年下だった。ほとんど一緒にいろんな事をした。僕たちは、近所の男の子達と、　クラブ　のようなものを、いつも作っていた。

そのクラブの一つが、〝　秘密警察　〟だった。古くなったシーツから、腕章を作り、SP　（訳注　シークレットポリス）　と黒文字で書いて、袖章（そでしょう）にした。秘密警察は、僕たちの　〝縄張り　〟に、一番近いにぎやかな通りを、歩いて行き来している、何人かの兵隊さん達を、差し出がましくも、取り締まった。この通りは、僕たちが住んでいる団地と、隣り合わせの小さな広場の、境界となっていた。

ユージーン・ブラッキーは、広場の隣の区画に住んでいて、僕たちは、広場の向こうの、離れた区画に住んでいた。ユージーンは、僕たちと同じくらいの年で、ほとんどマンガ本を読んで一日を過ごしていた。この子は、本屋さんよりも多い、マンガ本を持っていた。僕はある日、その子の部屋の本棚を見た。するとそこには、僕の目の高さまでの本棚が、六つ　あった。ユージーンは、僕たちが、彼のおもしろがりそうな冒険をするときだけ、本から離れた。でも、僕たちが予定通りの事をしないと、ユージーンはすぐに、本を読みに戻っていった。僕たちのクラブ活動　に、参加したり、しなかったりだったが、　秘密警察　には、毎回参加した。

　僕たちの家の通りに接している広場の前、そこは、後ろに白い斜めの屋根の赤レンガ造りの十二の空き車庫がある、１㎢ぐらいの、草深い場所だった。そこに、　秘密警察　は、隠れていて、夕方に、駐屯地の裏門に続く大きな道に沿った歩道を、ひとりで歩いている、僕たちを怪しまない、兵隊さん達に　突撃　した。

　僕たちは、ひとりひとり兵隊さん達を止め、毎日、夕方、だいたい、多くて三、四人を止めた。僕たちは、兵隊さん達に、許可証と身分証明書を見せるように、と、命令　した。たいていの兵隊さん達は、僕たちの遊びにつきあってくれ、僕たち、子どもとの触れ合いを楽しんでいた。ほとんどの兵隊さん達は、家族から、遠く離れていたからだ。でも、母さんがそれを見つけた時は、・・・・・まぁ、それは、別の話なので・・・・。

　その後、僕たちは、秘密警察の本部を、下水管の中に移したが、実際、地下通路は、道路から、丁度僕の家の前につながっていた。広場から、道路を横切る場所に、　本部　を移したのだった。〝鍵〟となる補助道具で、マンホールの蓋をはずすことができた。その〃鍵〃は、少し前に見つけた、タイヤ着脱用の　てこ　だった。僕たちは、一日の終わりに、宿舎に帰ろうとして、油断して、ひとりで歩いている兵隊さん達を　地下から出て来て、襲撃　するのを、本当にかっこいいと思っていた。母さんは、あまり良い遊びではないと思っていたらしく、抗議が押し寄せてくる前に、僕たちの、道路での　パトロール　を止めさせた。

少し後で、僕たちは、この遊びの　標的　が少なくなっていることに気づいた。兵隊さん達は、僕たちの　突然の攻撃　の手が及ばないように、通りの反対側を歩くようになっていたのだった。

この秘密警察は、クリスマスに、アラビア風の四角形のテントをもらってから、歴史の中に姿を消すことになる。そのテントは、後ろに窓があり、パタパタ　ひるがえる布も付いていて、テントを建てて、布をおろすと、その布が入口になった。これが新しい僕たちの　本部　になった。この　本部テントは、家の庭の中にあり、玄関ポーチからもよく見えるので、母さんは、とても安心した。父さんは、兵隊さん用の屋外ベッドを二つ手に入れる事ができて、テントの中に置いてくれた。僕たちが、そのうえで飛び跳ねて、一つを壊してしまい、一つだけになってしまった。

この新しい本部は、 秘密警察 の終わりを意味し、新しいクラブの 〃クラブハウス〃となった。新しいクラブの役割は、〃 戦時努力 への 協力 〃だった。 このことも、母さんの大きな安心になった。母さんは僕たちが、通りで、兵隊さん達に 突撃 しているのを良く思っていなかったので、この新しい真剣な活動は、トラブルが少ないだろうと思ったのだった。

政府が、戦意高揚のポスターを作り、父さんは駐屯地の食堂に貼るために、たくさん受け取り、その何枚かを、僕たちの クラブ のためにくれた。僕たちはそれを、クラブハウス 、正しく言えば テントの中に貼った。

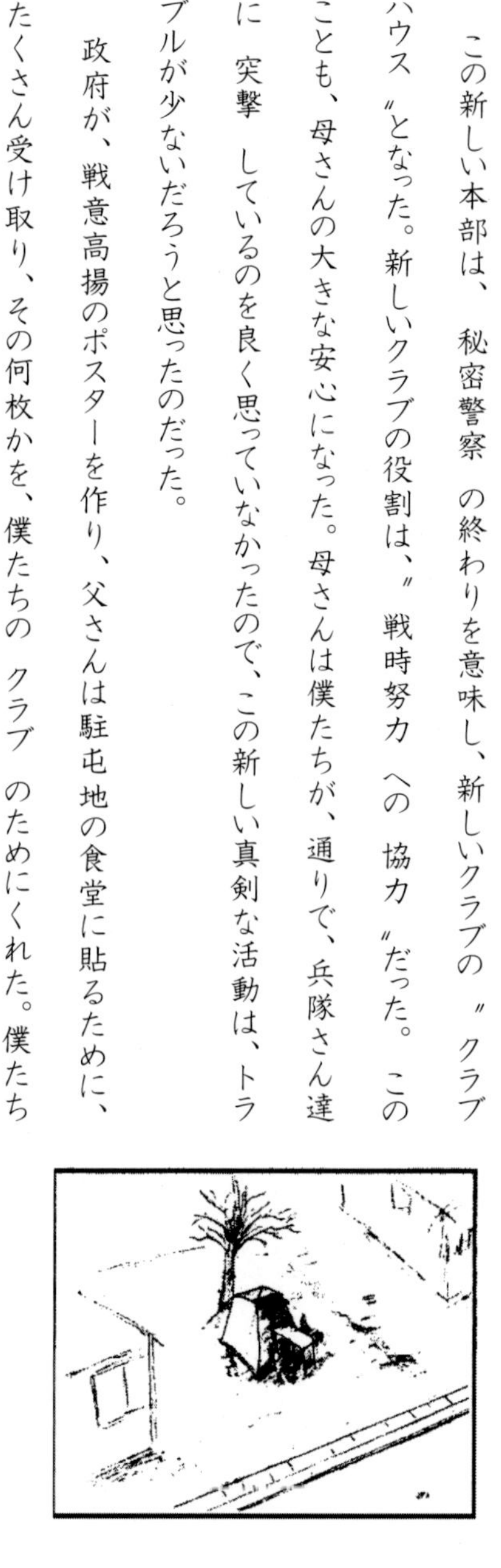

皆さんおわかりだと思うが、僕たちは、軍駐屯地に住んでいたので、僕たちがする遊びは、ほとんど 戦争ごっこ だった。ドニーと僕は、兵隊さんの格好をするのに、丁度よい身の回り品は、ほとんど持っていた。僕たちは、兵舎のあたりの ゴミ から、多くの物を手に入れる事ができた。役に立たなくなった装備品が捨てられてあり、もらってきて、僕たちの物にした。

弟と僕だけでなく、ほとんどの子ども達が、ヘルメットの裏布や、・・・ヘルメット自体は、子ども達には、重すぎたので、・・・裏布だけを使った。カートリッジベルト（訳注　弾帯）や、リュックサック、携帯食器などがあった。その他何でも、子ども達は手に入れる事ができた。

子ども達が、〃戦争ごっこ〃をして、おもちゃの銃を持って走り回ると、凶暴な性格に育ってしまう、と言われてはいる。しかし、〃私〃は、そして、弟、すべての友達と同じように、生きる証拠として、それは誤りである　と証明することができる。実際は、その反対である。

この時期は僕にとって、知ることができることは、何でも知りたい、と思っていた時期だった。とにかく読めるだけの本を読んだ。大理石は何からできているんだろう？　何が、いろんなものを、成長させるのだろう？月が輝くのはなぜだろう？　土は何からできているんだろう？　次の疑問が沸き上がるまで、一つの問題を調べ続けた。大体の疑問は解決したが、解決しないものもあった。ある日、シャーロック・ホームズを読み始めた。図書館から借りて来て、寝る時間まで読んでいた。ベッドの中に持って行き、やめることができず、次の日の朝五時近くまで、読み続けた。

僕が、シャーロック・ホームズをものすごくおもしろい、と思った点は、起こるべくして起こった事には、どんな事にでも、すべてに原因がある、とホームズが信じている事だった。物事は、先に起こった過去の出来事、歴史によって、理解される。歴史の勉強は、僕の主な趣味の一つになった。

人生の、早い時期に学んだ事は、その後の人生で、ずっとあなたの中に残るだろう。それが、この時期だった。僕は、父さんと母さんから、絶対に嘘をつかない事、人をだましたり、盗んだりしない事、を学んだ。今でも嘘はつかないし、だましたり、物を盗んだりはしない。時には、真実を話すより、何も言わない方が良い時もある。時に真実は、人を傷つけるかもしれないが、でも嘘はつかない。だましたり、盗んだりすれば、トラブルに巻き込まれることになる。そういう行いは、ろくなことにならない。

ドニーと僕は、〝サンタクロース〟から、ボクシングのグローブをもらった。そして、僕の方が大きいから、ほとんどいつも、ドニーを〝なぐって〟いた。父さんの調理の生徒さん達が、ある晩やってきた時に、父さんは、その生徒さん達に、ドニーと僕のボクシング グローブ姿を、見せたがった。ドニーは起きていたが、僕はもう眠っていた。みんなは、ドニーに僕を起こしに二階の寝室に行かせ、グローブを付けさせた。ドニーは、パジャマ姿で飛び跳ね、僕は、半分眠りながらだった。ドニーは、僕が今までドニーを負かしてきた分を、やり返すいいチャンスだと思っているように見え、飛び上がりながら、僕にグローブをぶつけてきた。僕はただ、腕を身体の脇に下ろし、立ったままでドニーのブローをたくさん受け、ひとつもパンチをくり出せなかった。

何分か後、「ベッドに戻っていい？」と言って、返事も聞かないうちに歩き始め、階段をのぼり、グローブを付けたままベッドに戻り、すぐ眠った。次の朝、なぜグローブを付けたままなのかわからないまま、目を覚ました。

このころ、母さんの弟のジムおじさんが、一九四三年三月にイギリスに飛び立つ前に、僕たちに会いに来ていた。ジムおじさんは、徴兵された時、ウェーク島で、民間人として、建設現場で働いていた。後に、おじさんは空軍で、B―24爆撃機のタレットガン（訳注　砲塔砲）の銃撃手に、なることになる。ジムおじさんは、背が高くて痩せていて、黒髪、アイルランド系の、かなりのハンサムだった。おじさんは、その時、たった二二才だった。

ドニーと僕は、毎年恒例の、　三月の凧あげ　のために、凧を買った。凧は十セ

ントで、500フィート（訳注　約152メートル）の凧あげ用の紐は、十六セントかかった。このお金は、僕たちの貯金から、この日の為につぎ込む事になる。

ドニーが、自分の凧をあげながら、後ろ向きに走っていた時、僕の凧の真ん中を、間違って足で踏んでしまった。僕はすぐにかっとなって逆上し、ドニーの凧の上に走って行き、両足で踏みつけ、お返しにゴミ同然にしてしまった。ドニーは十セントの凧がもう役に立たなくなってしまった事にびっくりして、震えているように見え、「ジェイが僕の凧を踏んづけた。　ジェイが僕の凧を踏んづけた。」と、泣きながら、家に走って行った。僕の凧に何が起こったかは言わずに。

ジムおじさんは、ドニーが全力で家の方に走っているのを捕まえて、落ち着かせた。「直せるかどうか、見てみようよ。」と言って、僕の方を見て、なぜ僕がこんな事をしたか、聞いた。勿論、僕はありのままを話そうとした。僕はおじさんが　判決　を下す前に、この件のすべての真実を知る必要があると思ったからだ。

ジムおじさんは、僕の側の　主張　を聞き、　証拠品　を見に行った。「大丈夫、直せるよ。あっという間にまた空を飛ぶよ。」と、ジムおじさんは言った。

ドニーと僕は、手作りの凧　の作り方を教わった。お店で買った凧と同じぐらいの出来栄えだった。こわれた凧から、枠の細い棒を取り、折れたところを直し、何本かの紐で、凧の形を縁取った。新聞紙を張り付け、とても頑丈な、凧になった。ジムおじさんは、凧の　尾　の長さが、凧を安定させ、凧が飛ぶ秘訣だと、教えてくれた。そして、凧の美しさも教えてくれた。

また、飛ばしに行く前に、僕たちに、仲の良い兄弟、そして友達に、また戻ることを約束させた。ジムおじさんは、良い授業をしてくれた。でも僕は、だいぶ大きくなるまで、かっとなる自分を、治せなかった。

イギリスにジムおじさんが行ってしまう日、母さんは、一緒に駅まで見送りに行き、さよならを言うので、学校から遅れないで帰ってきなさい、と、ドニーと僕に言った。それまで、授業が終わった後、学校に残っていた事は一度もないのに、なぜかその日に限って、理由は忘れたが、居残りしなければならなくなった。

教室にすわって、ジムおじさんの事を考え、さよならが言えないんだと思って、僕は泣き始めた。先生が僕の所に来て、どうしたのか聞いた。僕は先生に理由を説明すると、先生は、本をまとめて家に帰りなさい、と言ってくれた。僕は教室のドアを開け、家までずっと走り続けた。僕が車に乗り込むとすぐに、家族とジムおじさんが乗った車は、家から出発した。元気なジムおじさんに会うのは、これが最後になるということは、この時はわからなかった。

第八章　信仰

ブラッキーさん一家が隣の区画の、僕たちの家と同じ造りの団地に越してきた。とても小さな犬と、とても大きな犬の、二匹と一緒だった。僕たちの家に挨拶に来て帰る時、大きな犬を引き取ってくれないか、と、僕たち家族に聞いた。ブラッキーさん一家は、小さい犬を飼い続けたいと考えていた。勿論母さんは、ハッピー　の事があったので、また犬を飼う事には、賛成ではなかったが、そのかわいそうな犬は、行き場所がなかった。

ブラッキーさん達、僕たち子ども三人、父さんと母さん、このみんなで、とても長い交渉の末、誰が面倒を見るかという、確かな約束と共に、僕たち三人の子ども達が　勝利　した。

僕たちは、これからの名前を、〃タイニー　〃（訳注　チビ）と、決めた。　やれやれ、まぁ　これは　間違った名前だけど・・。この犬は、グレートデン　と　ジャーマンシェパード　の　ミックスだった。小枝を投げると、タイ一ーは、空中に弧を描くようにしてキャッチし、くわえた後は、決して走っては来なかった。そんな感じのやる気の無さだった。

タイニーは、夜は、一階で飼い、朝になると、外へ出した。僕たちは、朝一番に、網扉を開けることにした。最初の日、僕たちは、網扉を閉めたまま、タイニーを放してしまった。タイニーは、網扉に　自分専用　の出口を作って、ビューン　と　出て行ってしまった。誰も、この竜巻のような勢いを止められず、ふがいないことに、どんな網扉でも、防護壁には、ならなかった。

タイニーは、いつもは良い子だった。ドアを　ぶち壊した　ほかに、あとたった二つだけ、間違いを起こした。ひとつ目。タイニーは牛乳が好きだった。隣近所全部に、牛乳配達の人が、紙パック入りの牛乳を置いていったのを、タイニーは見つけた。そこの住人がその牛乳を取り込む前に、タイニーは飲んでしまった。

僕の家と、他の近所の家は、45度ぐらい、だいたい150センチぐらいの、高低差があり、近所の家の方が高かった。毎朝、三本から六本の　ワンカートン（訳注　だいたい二リットル）の、牛乳のパックが、下向きに落ちていて、中身は全部　から　だった。このとんでもない犯行の　犠牲者　たちは、実行犯　を　見つけ、ありとあらゆるご

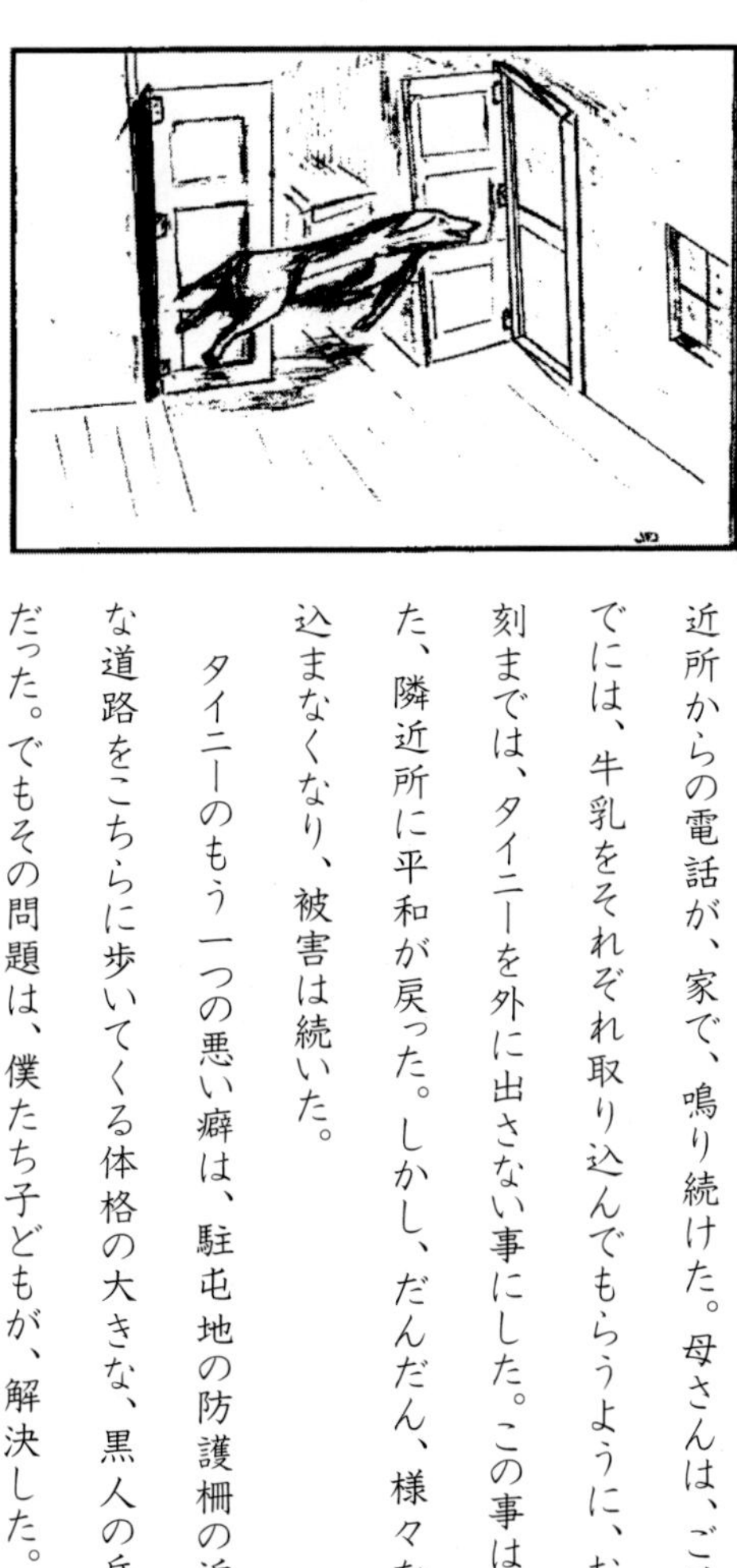

近所からの電話が、家で、鳴り続けた。母さんは、ご近所の皆さんに、朝九時までには、牛乳をそれぞれ取り込んでもらうように、お願いした。そして、その時刻までは、タイニーを外に出さない事にした。この事は、だいたいうまく行って、また、隣近所に平和が戻った。しかし、だんだん、様々な理由で、ある家族は取り込まなくなり、被害は続いた。

タイニーのもう一つの悪い癖は、駐屯地の防護柵の近くの勤務場所から、大きな道路をこちらに歩いてくる体格の大きな、黒人の兵隊さんが苦手だという事だった。でもその問題は、僕たち子どもが、解決した。兵隊さんはタイニーを撫でてくれて、すぐ友達になった。時々、タイニーは、その兵隊さんの事を忘れて、道路を横切って襲い掛かりそうになったが、その兵隊さんはタイニーを地面に押さえつけたりして、タイニーはしっぽを振って、近づいて行くようになって、すべてうまくいく事となった。

父さんが退職の準備をするようになった頃、タイニーを戦地に送ることになった。タイニーは、僕たちが駐屯地を離れる前に、軍用犬の部隊に徴兵された。二日後、80キロメートル以上離れた部隊に連れていかれたが、〝無許可離隊〟(脱走)をして、家の裏口に現れて、とても幸せそうだった。

僕たちは、もう飼う事ができなかったので、戦地へ戻されることになった。

僕たちは、フランスでの戦いで、タイニーは英雄だったと聞いたけれども、それを確かめるすべはなかった。

駐屯地の売店は、八区画分(八ブロック分)離れていたが、時々、ぶらぶら歩きまわり、何かないか、ウインドウショッピングをしていた。ある日、〝飛行機〟セットが、無性にほしくなった。それは、飛行機のパネル、操縦桿、飛行機を飛ばすのに必要なすべてのものがついていて、飛行機の本までついていた。僕は、店員さんに値段を聞いた。十二ドル五十セントだと教えてくれた。

僕は、一ドル二十七セントしか持っていなくて、値引きをしてくれるはずもなかった。ひとりの兵隊さんが、お店に入って来て、店員さんに話をした時、僕は長い間、寂しそうに、絶望したように、(そういうのが上手だった)そこに立っていた。店員さんはガラスケースから、〝飛行機セット〟に手を伸ばして取り出し、その兵隊さんに手渡した。その兵隊さんは、そのセットを、次に僕に手渡してくれた。僕はびっくりした。兵隊さんにそのお礼を言って、家へ走り続けた。

わーいっ！父さんも母さんもきっと喜んでくれる、と　僕は思った。しかし、そういう事ではなかった。まぁ、もらっちゃったし・・・。父さんと母さんがその事を知って、僕が売店に行くのを永久に禁じた。まぁどっちにせよ、一か月ぐらいだったけど・・・・。

僕たち家族は、みな熱心な読書好きだった。一週間に一度、みんなでゆっくり歩きながら、駐屯地の図書館に行った。僕はだいたい、読み終える前に、返さなければならなかった。僕は今でも、世界中で一番遅い読み手だと、思っている。その本がおもしろい時は、図書館に着く前に読み終えようとしていた。

歩きながら読むのは、誰でもできる事ではない。何時間も訓練が必要だし、常にそこにある頑丈な物、たとえば、止まれ　の道路標識や、郵便ポストなどに対するガイドが必要だから、その物体に向かって行きそうな時、母さんは、「ジェイ、どこに進もうとしているか、よく見なさい。」と言うのだった。母さんが僕を見ていない時に、僕が道路標識や郵便ポストにぶつかると、弟や姉さんは、つつきあって、静かに笑うのだった。弟や姉さんには、僕はいい見世物だった。

駐屯地に住んでいる事の利点の一つは、兵隊さん達のために、米軍慰問協会のショーがある事だった。当時の一流の芸能人が、遅かれ早かれフォート・ノックスにやって来た。全部のショーは見ることはできなかったが、父さんと母さんが好きな物だけ、見ることができた。ケイト・スミス、ジュディ・カノーヴァ、ジャック・ベニー、ボブ・ホープなど、他にもたくさん見ることができた。

また、僕たちが、フォート・ベンジャミン・ハリソンにいる時に、ポスターで、この次の土曜日の朝に、シャーリー・テンプル（訳注　当時十二歳の子役の映画スター）が、広場のパレードに参加する、という知らせがあった。母さんは、弟と僕に、新しいチョコレート色のコーデュロイの上着とズボンを着せ、野球帽をかぶせ、シャーリーに会いに行った。行ってみると、その日はすごく少ない人出で、ドニーと僕だけが子どもだったので、シャーリー・テンプルの方に歩いていって、ちょっとだけ話をすることができた。何を話したかは、はっきり覚えていないけれど、多分、六、七才の子どもが、映画スターにいう事と言えば、きっと想像はできるだろう。

多分こんな感じで・・・「こんにちは。元気？僕は元気だよ。こっちは弟のドニー。」

ドニーがさえぎり、「ドニーじゃないよ、ドンだよ。」

僕は、「あぁ、そう、ドンだよ。」

シャーリーは、「初めまして。」と言い、

「僕はジェイだよ。」と僕が言う。

で、シャーリーが、「それは素敵ね。」と返事する。

この時、大人の人がシャーリーの手を取って、向こうへ連れて行った。「さよなら、シャーリー。」と僕が言った時には、もう、離れた所に行って、振り返らなかった。映画スターとの会話は、それでおしまい。

姉さんのノーマは、気取り屋だった。いい意味での・・・。姉さんは、ドニーと僕とは、ほとんど一緒に遊ばなかった。さらに言えば、家にいることが少なかった。早くからノーマは、ガールスカウトに入っていた。学校から帰ってからの自由な時間は、家の手伝いか、ガールスカウトの友達と一緒にいた。父さんと母さんは、ガールスカウトと共に、乗馬の練習にも姉さんを登録した。勿論イギリス式の乗馬である。僕たちがフォート・ノックスにいる間は、毎週乗馬教室へ通っていた。ノーマはさらに、レディになる訓練と、正式なテーブルセッティングも習っていた。レディになるレッスンは、全然身体に染み込まなかったが、とても素晴らしいテーブルセッティングができた。

ガールスカウトの団員は、将官（ジェネラル）達の住居の裏庭にある団員のビルに、毎週一回集まっていた。週一回のこの集まりは、ガールスカウト達にとって、大変重要なものだった。ほとんどの女子は、準士官（オフィサー）の娘さん達で、生まれながらの気取り屋たちばかりだった。

姉さんのノーマと僕は、普通は仲が良かった。ひとつ目、もし、見える所にお互いがそんなにいなかったら。二つ目、もし、姉さんの言うとおりに、僕がした時。姉さんは、女の子にしては、とても頭がいいとは思っていたが、僕と姉さんとではとてもレベルが違っていて、僕のレベルが地球の上だとすると、姉さんは、どこかの、まだ発見されていない星、ぐらいのレベルだった。姉さんは、僕が、近所のどんな子たちも殴ってしまうと、本気で信じていた。実際、みんなにそう言っていた。勿論、そんなことは無い、と、近寄ってきてくれる子達もいた。もし、姉さんのノーマが、誰か男の子達と争いになれば、姉さんはその子達に、僕がその子をやっつける、と、言えば、それを調べに、その子達が、僕の所にやって来た。だいたいは、そこは　はったり　で切り抜けることができた。父さんは、いつも僕に、「最良の防御は、最良の攻撃である。」と、教えてくれていたので、その子達と出くわした時は、時々、強そうな振りをした。

姉さんの、〝第五列隊〟（訳注　部下として五列目にいるが、結果的に、こちら側の味方の振りをして、向こう側に、味方をするという例え。）の宣伝と、僕の、喧嘩好きのような態度のおかげで、その子達の多くは、引き揚げて行く事になるのだった。

まれなケースとして、愚かにも姉さんが言ったことは、半分本当だと思い、僕とけんかをしようとする子達は、たちまち僕の、信者　となった。けんかでは負けなかったが、けんかをしたがっていたわけでも、決してない。負けそうになった時はいつも、二つのうちどちらかを選んだ。たくさん　しゃべる　か、だめだったら、走って逃げる。ノーマは、自分のいざこざで、　僕を忙しくしていた。ノーマの言葉には、たいてい、それが一番良い決定で、それが　なされなければならない　と、聞いた人たちを、納得させる効果があった。僕が姉さんの言う事を聞く、というのは、姉さんが僕を納得させた、という事だった。

ある土曜日の午後、父さんは僕たち三人の子ども達を、父さんが調理の指導者として働いている建物へ連れて行った。僕たちは、建物には入らず、兵隊さん達が、トレーニングをする、障害物通過訓練場の、脇の駐車場に停めた車の中で、待っていた。訓練場の真ん中あたりに、ジャングルジムに似た、三階建てぐらいの高さの塔のような物があった。

「あれに登れると思う？」と、姉さんのノーマは、とてもお天気の良い、その日の空にも届きそうな、ぞっとするような巨大な　建造物　を指さして言った。

「僕はジェイより高く登れるよ。」とドニーが言った。

「そうは思わないけどね。」と僕は返した。

やり取りがそれで終わったと思ったら、ドニーは車から飛び出して、その　建造物　に走って行った。

「あら、ジェイはやらないの？」と、ノーマは僕に聞いた。

「車の中にいなくちゃいけないと思うよ」と、僕は言った。

「ジェイの方がドニーより高く登れると思うわ。できるわよ。」と、姉さんは返した。

この時には、ドニーは、地面から、高さが　三メートル六十センチぐらい　ある横棒に、座っていた。ドニーがあそこまで登れるなら、僕がしなければならないのは、あそこまで行き、そして、あそこの　ちょっと高い所へ、登る事だけだった。父さんが車に戻って来るまでは、二人とも、車に戻れるはずだった。僕は大急ぎで走って行き、はしごの一段目に足をかけ、身体を持ち上げようとしたら、ドニーは、ちょっとだけだったが、また登り始めた。

さあ、僕は登り始め、ドニーより早く動き、ドニーを追い越し、車へ戻ろう。と、　僕が登ると、ドニーも同じように登った。

僕は、ドニーはそんなに上までは、行かないと　ふんで　いた。でもそれは間違いだった。ドニーは登り続けた。この時にはもう僕たちは、一番上まで、もう少しの所まで登っていた。すると、Ｈ　Ｏ・ジョンソン曹長、別名、父さんが、用事を済ませ、建物から出てきた。父さんは見上げて、ドニーと僕がもう、一番上の近くまで登っているのを見つけた。父さんは、丁度近くを歩いていた兵隊さん二人を、慌ててつかまえて、塔から僕たちを降ろすように、命令した。僕は全速力で降り始めた。僕は、無理やり地面に引きずり降ろされる恥は、かきたくなかった。

僕は、兵隊さんから離れた所に、自分で降りることができた。僕は、しかるべき場所　である　地面に、我が名誉　と共に降りることができたが、ドニーはそうならなかった。

僕が地面にたどり着きそうなのを見て、二人の兵隊さんは、ドニーの所に行き、そのおかげで、ドニーは地面に戻って来ることができた。父さんは、二人の兵隊さんにお礼を言って、僕たちの所に戻って来た。

父さんが何か言おうとする前に、ノーマが、「言ったでしょ、車の中にいなさいって。」と、大声で言った。

ドニーは、名誉を取り戻そうとして、「ジェイより上に登れたもんねっ」と、僕にささやいた。

僕たちが、こんなふうに、障害物通過訓練場　で　遊んでいた頃、僕たちのおじさんの　レッドは、空軍で、マッカーサー元帥と一緒に、飛行機で島々を飛び回るための本当の訓練に参加していた。訓練間もなく、後に、グアムや、ブーゲンビル島などのあたりに向かった。そこは、じめじめして暑く、虫や、わけの分からない病気で、たくさんの兵隊さん達が亡くなり、最後の一人まで戦おうとしていた日本軍も同じだった。

第九章〝決闘〟をする

僕たちの冒険は、いつも、きまりを破るぎりぎりだった。家庭のきまりだったり、駐屯地のきまりだったりだ。

そのような状況で、駐屯地に子ども達のための、障害物通過訓練場が造られた時、僕たちの〝クラブ〟に、遊

び方の　主導権　について、他のグループが　主張　してきて、直接対決　が起こった。僕たちは、その子たちの主導権　などは知らなかったので、　決闘　が起こった。

敵は、小石(こいし)を積み上げてあった場所の脇に、陣取った。目下の兵器は、　小石　だ。敵は人数で　まさって　いたので、退却　は　こちら側の策略としては、すじ　の通った、選択だった。しかし、僕たちは、彼らの　攻撃焦点が、より　正確になってくるまで、グラウンドに立っていた。　そして、僕たちは、ずっと　ぶつけられ続けた。その時ようやく、僕たちはまるで、火の上を走るように、　走った。より、安心できる場所へ。僕たちは、より多くの　部隊　を組織し、より多くの　兵器　で攻撃できるように、　その場を離れたのだった。僕たちは、攻撃を一新　する事に決めたが、まず第一に、防御　する事、　前線　へ補充するため、　動く　手段が必要だった。

僕たちは、すごい考えを思いついた。まず、戦車　を作らなければいけない。僕たちは、合衆国の、戦車訓練場に、住んでいるのだった。だから、それにふさわしい　戦車　を設計しなければならない。

僕たちは、海外へ物品を送るための、梱包用の頑丈な木製の箱を見つけた。これはまさしくうってつけだった。次に絶対必要なのが、車輪だった。それがあれば、すごい　戦車　の、第一歩となる。しばらく後、僕たちは、戦

車　を完成させた。すごい　戦車　だった。重要な点は、それを、押す人が必要だという事と、全部の　弾(小石)と、二人しか、その　戦車　には乗れない、という事だった。幸い、　前線　に進むには、少し下り坂になっていた。

ドニーとジミー(タッカー家のひとり)が、　弾　と一緒に　戦車　に乗った。トミーとジミーのお兄さんのジョー、ユージーン、そして僕が、動かす役割で、後ろから押して、敵から投げられてくるものから、守られる事になる。

〝Ｄデイ〟（訳注　作戦決行日）　は、ある土曜日の早朝、朝食の後、．．．勿論。　僕たちは、タッカー家の裏に集まった。大体、一区画分(一ブロック分)ぐらい向こうの路地に、敵はいて、そこが　攻撃　目標だった。戦車　は、前の日の夕方に移動しておき、すべての準備が整った。ドニーが、　敵側　の偵察に送られ、　敵は障害物通過練習場にあり。　すべての人員は集合しておらず、味方隊　多数。　という情報を持ち帰った。さあ　攻撃　の時間だ。驚かせる要素は、こちら側にあった。

攻撃　は、　〇九〇〇　（訳注　まるきゅうまるまる．．．九時）　に始まった。僕たちは、ハァハァ　ヒーヒー言いながら、戦車　を押して行き、所定の場所までゴロゴロと、進めて行った。敵　が　こちらを向いた。

ドニーとジミーがひょこっと頭を出し、小石を投げる。外側の　人員　は、　戦車　の後ろの扉を開け小石を補充する。一方的な　戦い　だった。　敵　は、自分たちの家々に退散した。僕たちは、障害物通過訓練場で遊ぶことができる勝利を、味わおうとしていた時、軍警察のバイクが、路地を、こちらの方にやって来た。軍の警察官が、僕たちの方にバイクを走らせて来るのだった。僕たちは、〃ギャングたち〃の母親が、軍警察に電話をし、のっぴきならないはめに、なっていることが分かった。法的に見れば、先に文句を言った方（その母親）が、正しいのだ。少なくとも駐屯地では。

軍のおまわりさんは、僕たちの方にやって来て、足を　戦車　の車輪に乗せた。おまわりさんは、違反キップを切り、ここから出て行く事、この　戦車　を、二度とこの区域に持ち込まない事、を言い渡し、さもないと、僕たちを親元に連行する　と言った。僕たちは納得した。結局、僕が違反キップを受け取る事になった。きっと僕が全部説明したからだと思う。そして、そのおまわりさんは、ずっと僕の方だけ見ていた。きっと、僕が逃げ出したり、何かする、と思ったからだと思う。

違反キップは、父さんに渡さなければならなかった。最初の攻撃は、丘のふもとへの、くだり、だった。不幸にも　退却　は、丘の上までの、のぼり　だった。大体十五分の　攻撃　と、一時間の退却だった。僕たちは、小石を捨てることを考えたが、おまわりさんは、持ち帰るように と言ったので、その通りにした。

僕たちは、おまわりさんに妨害されてしまったが、 攻撃 は成功し、勝利 は、はっきりした、と考えていた。

僕たちは、その後、あのギャングたちとは、何のトラブルもなく、子ども達のための障害物通過訓練場で、なんの怖い目にも 合わず、遊ぶことができるようになった。

一日中大きな不安を抱きながら、父さんが帰って来るのを待っていたその夜、僕は、父さんに違反キップを手渡した。ドニーは近くにいなかった。僕は何も言わず、おまわりさんから言われたように、違反キップを、父さんの方に、捧げ上げた。父さんは不思議そうに違反キップを見て、それから僕を見て、読み始めた。

父さんは、げらげら げらげら と 笑い始めた。僕の初めての交通違反キップで、まして事もあろうに、戦車の違反キップで、 何がそんなにおかしいのか、わけがわからなかった。

僕たちが住んでいた地域は、三角帽の形の中に、二層式住宅が立ち並んでいた。大きな道路が駐屯地の防護柵の向こうまで続いていて、それが三角帽の底辺だった。僕たちが住んでいる通りが、三角帽子の右側で、左側は、建物の列だった。僕たちが住んでいる通りを横切った通りが、向かい側の、僕たちの通りの住宅地によく似た造りの住宅の列へと、続いていた。住宅の列は三列あって、その後ろが広場だった。この広場は、物干しロープで囲まれていて、路地の脇にある、その地区のごみ箱を隠していた。ごみ箱は全部で四つあり、二つの住宅の分で、ちょっと高い所にあり、入口に網扉が取りつけられていた。この地域の他のレンガ造りの家は、裏に路地があり、まっすぐな、それほど大きくない道に沿って建っていた。夏は青々とした草が至る所に生い茂り、たくさんの木が、通りに影を落としていた。

後ろの大きな空き地は、その地域に住む、すべての家庭の名前の貼り紙が貼られ、ロープで仕切られた場所に変えられた。駐屯地に住む家族のためのヴィクトリーガーデン(戦時農園)に、というのが軍の対応策だった。ヴィクトリーガーデンの問題点は、専門外の何事も、同じように戦争に関連付けられ、軍によって煽動されることだった。アルファベット順に名前が割り当てられていて、住んでいる家から、ほどよい距離の区画は、どこにもなかった。僕たちが割り当てられた畑は、二ブロック（通り二つ分）以上離れていて、みんなの畑を踏みつけて行かないと、たどり着けなかった。

ある人は野菜を育てようとしたが、僕の家族は、特に何か育てたいという希望はなかった。唯一、僕だけが、自分の手で何かを育ててみたい、と思っていて、まず、野菜畑として、ラディッシュと、玉ねぎと、レタスを植えようと思った。レタスはウサギが食べてしまったが、ラディッシュと玉ねぎは僕たちが食べることができた。

ある日、僕たちが学校に行っている時に、留置所から、防護柵を通って、ひとりが逃げ出し、僕の家の庭に入り込んだ。足を撃たれて、家の側近くで倒れた。丁度僕たちのテントの側だった。僕たちが丁度家にいなかった事を、父さんと母さんは、ありがたがった。血が付いた草と地面は、しばらくそのままだった。そこには近づかないように、と言われていた。

ふーん、あっそ。ドニーと僕は、近所の子たちに、その血の付いた場所を、お金を出してもらって見せてあげようと計画した。母さんが僕たちの〝事業〟を止めさせるまで、一ドル二十五セントを集めた。

夏は、ほとんどローラースケートで家の周りを滑っていて、オールスターのスケーターになるトレーニングを、まだやっていた。　ある日、近所をローラースケートで走っていた時、防護柵の前の林の方へ、友達が何人か、通りを横切っていくのを見つけた。ビクターは、防護柵を横切る、大きな道路沿いに住んでいて、三脚も何もかも付いている、本物そっくりのマシンガンを誕生日のプレゼントでもらっていた。この時まで、僕はそれを見せてもらった事はなかった。僕は、道を横切って行って、それを見せてもらおうと思った。

通りの反対側は、四メートル五十センチぐらいこちら側より、低い地面で、道はなかった。留置所に収監中の人達が、道の脇の草を、丁度刈ったばかりだった。僕はこの坂を下り始めた時、ころんで、左足の膝の九センチ下ぐらいを切った、そして、刈り取られた鋭くとがった草のかたまりの上で、左足の外側二か所を切った。勿論、他の子達は、まるで僕が足を無くしてしまったような声をあげて、僕のパックリ開いた深い傷口を見ていた。

ともかく、僕は家まで、だいたい三ブロック（通り　三つ分）ぐらいだったと思うが、スケートで帰り、家に入り、母さんに足を切ったことを話した。母さんは二階にいたので、「バスルームまで上がってきなさい。手当してあげるから。」と言った。僕は二階まで行き、僕の　小さな　傷がよく見えるようにと、母さんが僕の前に座って、僕はバスタブの端に腰かけた。

母さんが僕の足の、ものすごく深い傷を見た途端、すくっと立ち上がり、「無理だわ。手当できないわ。」と喘ぎながら言った。

僕はめまいがして、おびえながら母さんを見て、「じゃあ　どうなるの？　足を切っちゃうの？」と、思わず独り言を言った。

すぐに母さんは僕を抱きかかえて、「病院へ行きましょう。」と言った。

「そこは足を切るところ？」と、僕は考え、今度は大きな声で言った。

隣の男の子のビリーは、僕がスケートで帰って来たのを見ていたので、家の中までついて来た。

ビリーは小さい時、ポリオにかかって足に固定具を付けていた。ビリーは一人でいることを好んだが、どうしたわけか、僕とは友達になって、時々一緒に遊んだ。ビリーは空想の中に生きていた。だから僕たちは、マンガの中の登場人物にちなんで、〃空想家　ビリー　〃と、名付けた。この状況でビリーは、僕のお医者さんで、僕の傷の処置の仕方を話し始めた。

運悪く、たまに車が必要な時に限って、父さんが車を使っていた。父さんは本当にたまにしか車を使わないのに、この時は、どんな理由だったか、車はなかった。ビリーのお母さんは車を持っていて、運転もできた。この時代は、運転できる女の人は少なく、珍しかった。母さんは、僕の〝お医者さん〟の〝空想家　ビリー〟にビリーの家の電話番号を聞いた。

「車があるそうよ。そう、ビリーのお母さんが病院まで乗せて行ってくれるわ。」

病院で、お医者さんが傷口をきれいにして、注射をする、と言った。「どこに注射しようと思っているか、わかるかい？」とお医者さんは僕に聞いた。

「腕に？」と、僕は聞いた。

「ノー。」とお医者さんが答えた。

「足に？」と、僕。

「ノー。」と、またお医者さんが返事をした。「君の　おしり　にしようと思っているんだよ。」

「いやだよ！そんな事させるもんか。」と、僕は答えた。

スーパーマンの力と速さで、お医者さんの助手は、僕を掴み、僕の下着を下げ、お医者さんはかがみ込み、おしまい！　かなりの、〃とんでもない、いやな事〃だったが、自分ではどうしようもなかった。くるぶしから膝まで、ガーゼで覆われ、しびれた足で、病院を後にした。おしりは　ひりひりして、痛かった。足の傷より、おしりの注射の方がいやだった。

この苦しい戦争の時に、親たちの上に広がるのは、戦争の犠牲とは別に、絶え間ない小児麻痺の恐れだった。毎日、どこかの子がポリオになった、と聞いた。僕たちがフォート・ノックスに住んでいる間、駐屯地内の、ポリオの流行を防ぐために、年間十八人以上の、子ども達の転入・転出は、禁止された。

ある日、弟のドニーと学校から帰る時、いつものように、何もない空き地を近道していたら、〃空想家　ビリー〃が、三人の年上の男の子に、囲まれていた。ビリーは、このいじめっ子達に囲まれて、こづかれて、固定具を付けた足で、どうにかしようと、もがいていた。

僕は近づいて行って、「ビリー、どうしたの？」と、ビリーに言った。

ビリーはいつも陽気で、いつもハッピーだったが、この状況は苦痛だった。「家に帰りたいだけなんだ。」と、ビリーは答えた。

ビリーは、その男の子達を責めもせず、怖がっているところも見せず、何も問題が無いようにしていた。

「ビリーを帰してやってよ。」と、僕は言った。

三人のうち一番背の高い、だいたい、三十センチぐらい高かった子が、僕に、「余計なお世話だ。お前には関係ないだろ。引っ込んでろ。」と言った。

僕は、真剣に、「関係あるよ。ビリーは僕の友達だ。」と、答えた。

「どんなふうに、やっつけられたい？賢いおにいさん。」と、その子はぶっきらぼうに返した。

僕はかっとなり、その子の顔の真ん中を思いっきり殴った。この時点から、すべてが無意識だった。僕が次に覚えているのは、地面にその子が横になっていて、僕を見上げていて、僕はその子の肩に両足を広げて、馬乗りになっていて、僕のげんこつを、左、右、左、右、そしてまた、左、右と、その子は、受け続けた。その子は、鼻から血を流し、口からも流し、喉の奥から、すごい音が聞こえてきた。

その間にドニーは、記録的な速さで家に走って行き、すぐ後ろに、父さんも連れて戻って来た。ドニーは、僕が誰かを殺してしまうかもしれないと、話したのだった。

学校帰りの途中で、血なまぐさいけんかを、立ち止まって見ていた生徒たちの人だかりを押しのけて、三、四組の親たちもやって来た。誰かから引き離される前に僕は立ち上がり、 ミスター いじめ は、ものすごい速さで立ち去り、二人の仲間は、その後をついて行った。

その時だった、ビリーが僕のほうに来て、何が起こったかを説明してくれた。それから驚いたことに、ビリーが足を引きずりながら、僕の側に来て、腕を僕の肩に置き、言った。「家に帰ろう、ジェイ。」

ビリーが左側、父さんが右側、ドニーが後ろをついて来て、ビリーの速さに合わせながら、ゆっくりと歩いて家に帰った。父さんは何も言わなかった。でも、父さんが 正義を信じている という目をしているのが、 僕にもわかった。

野球とか、サッカーの試合をする場所が無かったし、チームを作るのに必要な人数もいなかった。僕たちができたのは、二、三人、たまに四人でできる、ゲームだった。よく晴れた日には、ビー玉遊びや、ポケットナイフを地面に刺す遊びなんかをした。

ドニーは、ビー玉遊びが、すごく上手で、短い時間で、近所の子たちのほとんどのビー玉を集めてしまった。ビー玉遊びを続けたい子は、もっともっとビー玉を買わなければならなかった。僕は、混ぜてもらえなかった。ドニーは兄弟びいきをしなかった。

ある日、学校から帰る途中、誰かが、「あれを見てよ、道路が曲がってる！」と言った。

最初、何がいつもと違うのか、わからなかった。でも、丁度僕たちの前、僕たちが住んでいる通りの角、これから僕たちが歩いて行こうとしている所の道は、道が右に曲がっているはずなのに、えぐられて、左側にも曲がり角が、できていた。

たくさん戦車がある地域に住んでいるので、僕たちは、この　破壊　がなぜ起こったのか、すぐわかった。戦車がこの通りを下って来て、丁字路に来て、向きを変えようとして、起こった事だった。

家に着くと母さんが、僕たちの推測を証明してくれた。その日の日中、その戦車は、走行訓練を割り当てられたが、正確に向きを変えることができずに、丘を越えて、道路の方まで走って来てしまい、左に曲がり、車が多い大きな道路を横切り、今度は右へ曲がって、家が立ち並ぶところの方に、走って来たというのだった。もし戦車の操縦者が、大きな通りを横切った後で間違いに気づいていたとしても、他に方法は無く、その区域を回って、

Uターンするしかなかったのだった。区域の角を曲がるには、住宅がある方へ、深く入り込まなければならず、更に道路を壊し、最初方向転換しようとした場所から、二倍の長さが必要だった。間違った方向へ向かって防護柵を通り過ぎてしまった、戦車に乗っていた兵隊さんは、しばらく防護柵の手前で、迷っていたのに違いない、と思った。

第十章　娯楽

冬の間や、雨が降ったりした時には、僕たちの母さんは、元気な男の子二人に何かさせておかなければならなかった。そういう時は、飛行機や船、戦車の模型作りが助けになった。母さんは、サンルームに大きな机を置いてくれて、僕たちは、たくさんの飛行機、戦車、そして船を作った。

ある日、隣の男の子で、模型作りに熱心な、十六才ぐらいだったジュニア・ミラーが、近所の子ども達に、土曜日に大きな　バトル（戦い）を見に来ないかと言った。

ジュニアの父さんは、転勤になり、自分が作った、かなりたくさんの模型を持って行く事ができないので、　戦いをして、それを壊してしまおう、と計画したのだった。ジュニアは、二日以上かけて、この、模型の 戦い の準備をした。

　ジュニアの家の裏の、路地の向こうの、何もない場所に、ジュニアは、〃どこでも火が付くマッチ〃のマッチ箱で作った銃の台を置き、一本一本のマッチは、兵隊を表していた。この、〃戦場〃の至る所に、戦車、装甲車、ハーフトラック（訳注　後輪がキャタピラー式になっている）、手投げ弾、他にもたくさんの、ジュニアが作った模型が置かれていた。ジュニアは、物干しロープに、いろんな種類の飛行機をぶら下げていた。

　ドニーと僕は、 戦い が始まって、何分か経ったころから、この情景を見た。飛行機は急降下して、 爆弾 と共に車両にぶつかり、マッチの兵隊たちに火が付いた。他の飛行機は、〃敵〃の飛行機を攻撃したが、 地上部隊 から、順番に撃ち落とされた。全部が火に包まれるまで、この 戦闘 は、だいたい十分ぐらい続いた。初めの方で、火が付かなかった物は、ジュニアが何も残らないように、自分で火をつけた。

　自分で作った模型は、誰にも渡したくないものなのだ。自分で模型を作れない人に、自分が作った物を見せるのは、その人に対する侮辱なのだろう。模型を持ち続けることができないなら、壊してしまう。それが当時の慣例だった。なによりも、かなりの見ごたえのある、戦いだった。

毎週土曜日は、映画の日だった。駐屯地の映画館は、子ども達のために昼興行(マチネー)をしてくれていた。

時々、面白い映画は、金曜日にあって、父さんと母さんは僕たちを、七時から始まる映画に行かせてくれた。

ある晩、僕はまだお手伝いが終わらず、他の一団（ノーマとドニー）は、もう映画に行ってしまっていた。十五分遅れで、僕は走って追いかけた。追いつこうと、よその家の庭を通って、近道をしようとした。

ちゃんと歩道を行くべきだった。次の通りを過ぎたあたりで、ある家の脇庭まで来て、スピードを出せそうだと思い、次の路地を通らなくて済むように、友達の家の庭を横切った。暗くなりかけていて、陰になっている所で、見えなかった物干しロープが、僕を急に止めた。ロープは、丁度僕のあごの下を打ち、僕を空中に弾き飛ばし、地面にたたきつけた。何が起こったかさっぱりわからなかった。僕はうつぶせに倒れ、何が起こったんだろうと、不思議に思いながら、地面を見ていた。

だいたい十分ぐらい経った頃、僕は映画に行く途中だったんだという事を、思い出した。僕は立ち上がって、どこか骨が折れてないか確かめて、服をはたき、歩道に向かって、他に　わな　がないか探しながら歩いて行った。

僕は映画に間に合った。それから、首の周りが、痛くなり始めた。長く続いた痛手は、僕の誇りだった。僕は、僕の愚かな行為の証言をする人は、誰もその場にいなかった事に感謝した。勿論母さんは、なぜ僕の首の回りに赤い印があるのか知りたがった。

土曜日の慣例は、土曜日のマチネー(昼興行)に行く事だった。映画を見た後は、星条旗を降ろし始めるために大砲が撃たれるのを見に、通りを横切って走って行った。旗が下ろされた瞬間、僕たちは大砲が発射された後に飛び出す、砲弾栓を見つけるために走り出すのだった。

砲弾栓が、大砲の後ろから出て来る時は、とても熱かった。最初にそれを拾った子どもは、たいてい指を火傷して、栓を落としてしまっていた。何度かつかみ損なっているうちに、栓が冷えて、結局、他の誰かが、自分のコレクションに加える事になるのだった。

それが終わると、駐屯地の売店へ、ロイヤルクラウンコーラとバナナパイを買いに行った。売店は、ほとんどの部分がバーで、駐屯地の本店から離れている所にあり、兵隊さん達にとっては便利だった。この売店は、僕たちの家から、だいたい三ブロック(通り三つ分)くらい離れた所 にあって、何か食べたり、飲んだりしたい時には、僕たちは、丘を登って行った。

土曜日は、映画の後、そこに行っていた。大体は、一週間続いた訓練の休息を取っている兵隊さん達で一杯だった。みんな、うっ憤を晴らしているみたいで、ものすごく、賑やかだった。

第十一章 出航

冒険的な創造や、実験を空想しない子ども時代とは、どんなものだろうか? 僕たちは、小さな空想の世界で、自分たちが作り出した世界への、たくさんの旅を見つけ出した。

隣に住んでいたジュニアという青年が、カンバス地でおおい、何層もペンキを塗り固め、薄い木片でできた、カヌーを作った。この驚くべき創作は、僕たちの想像力豊かな心に種をまき、僕たちも、近いうちに作ってみようという計画を立てた。

いつも庭にあったテントは、強い風で壊れ、使い物にならなくなっていた。カヌーを作るアイディアが、このテントのカンバス地を使う事で、再燃した。頭の中にある青写真だけで、僕たちは、八ブロック（通り八つ分）離れた、大工道具のお店に行った。

その駐屯地内の大工道具のお店では、兵隊さんが働いていて、誰か上官の子ども達、だと気づいたらしかった。父親が誰かはわからなかったようだが、とにかく自分よりは、上級であるだろうと、思ったようだった。

その人達は、僕たちの父さんの事を、サー　という敬称を付けることが適切だと思っているように、僕たちを扱ってくれた。僕たちが木材の事を尋ねると、何でも出してくれた。僕たちは、ただ、兵隊さん達が、親切なだけだと思っていた。

いろいろと、難しい事もあったけれども、僕たちが欲しい物は、全部揃える事ができた。どのぐらいの大きさのカヌーを作りたいと思っているのか、僕たちの説明が、店員の兵隊さん達には、やっとはっきりしたのだった。

僕たちの努力の成果の、カヌー製作の部品を持っての家への帰り道は、午後の暑い日差しの下で、荷物をみんなで順番に、一ブロック（通り一つ分）か二ブロックずつ、交代で持たなければならなかった。

カヌー制作はしばらくかかった。ある朝、僕たちが家の脇で作り方をしていたら、大きな爆発音が聞こえてきた。僕たちは、何回も聞いた事がある音だったので、すぐに戦車の銃の音だとわかった。射撃訓練の区域よりも、かなり近くから聞こえてきた。射撃訓練から帰って来て戦車を駐車して、きれいにしたり、修理や整備をするための場所で、丘を登って三ブロックか、四ブロックぐらい行った、丁度、防護柵と、売店の向こう側ぐらいの距離に聞こえた。

＊　＊　＊

僕は全力疾走で、大きな音がした方へ走った。弟もついて来た。第一装甲戦車駐車場に行くためには、大きな通りを渡るので、その時だけスピードを落とした。戦車駐車場に入ってすぐ、丁度僕たちの目の前に、頭の無い兵隊さんが、横たわっていて、煙がゆらゆらと戦車の砲台から出ていた。その砲台の前に、はしごが架けてあった。

僕たちは止まって、その場面に目を見張っていた。兵隊さんも、誰ひとり、周りにはいなかった。僕たちは、しばらくじっとそこを見ていたが、ゆっくり歩いて戻って来た。

僕たちは、そのことについて、何も、誰にも、話さなかった。砲身の中に弾が詰まってしまい、加熱して爆発し、中にいた隊員が、足を〝吹き飛ばされ〟て、その隊員は、その三時間後に亡くなり、砲身を掃除していた隊員も亡くなった、という事を、後で僕たちは聞いた。僕たちがあの場所にいた時、誰もまだ救助には来ていなかったが、中にいた人は、まだ生きていたんだ。僕は、ずっと長い間、その事を考えていた。僕たちは、何かできたのだったろうか？

この悲劇の後すぐ、僕たちが知っている兄弟が、学校に行く途中、近道をして、射撃訓練場の中を通った。そのうちの一人が、大砲の弾につまずき、作動させてしまい、弟の足を吹き飛ばしてしまった。二人とも、病院に運ばれ、一人は足を失い、もう一人は、爆弾の破片で、傷を負ったが、弟の怪我ほど、深刻ではなかった。一年経たないうちに、その弟は学校に戻って来た。

二日後、学校は、生徒たちが、学校や家庭でまた事故に会うかもしれない、いかなる可能性も排除する事が最良だ、と考えた。先生達は、駐屯地の司令官の協力を得て、弾薬を持っているすべての生徒から、どんな弾薬でも、回収する事を決定した。すべての生徒達に、本物の弾薬は、すべて校長室に返しに来るように、という命令が発令された。

勿論、弟と僕は、隠し持っている物があった。次の日の朝、僕たちは、二箱の弾薬を学校に持って行き、口径50（12.7ミリメートル）、口径30（7.82ミリメートル）、60ミリメートル迫撃砲の弾、その他いろんな種類の、危険物が入った箱を、校長先生に手渡すために、まっすぐ校長室に行った。

校長室に入って行って、壁に沿って並べてある弾薬を見た時、その多さに僕はびっくりした。一メートル二十センチぐらいの高さまで、弾で一杯になった、大きい箱やら小さい箱が、積み上げられていたのだ。後に、地方新聞にその記事が載り、小学生から高校生までが、フォート・ノックスを吹き飛ばしてしまうぐらいの弾を集めた、と書かれた。

学校では、体育の授業が始まり、小学二年生は、初心者として参加することを許可された。学年終わりに近い頃、駐屯地の体育館で、体育の競技発表会が開かれた。体育が得意な生徒だけが出られる発表会だった。僕はそれに出られる事になった。

ある男の子と僕が練習している時、その子がひどい落ち方をしてしまい、左手首の三センチ上ぐらいを、骨折してしまった。その子は、右手でそこを押さえ、振り始めた。そして、あらん限りの声で叫んだ。僕はそれを止めようと思ったが、もっと大きな声になった。僕はそこにすわっていた。そしたら、骨がゆっくりと皮膚から突き出て来て、血が、その子の腕に流れ出てきた。結局、体育の先生がやって来て、その子をなだめて、保健室へ連れて行った。

勿論、母さんはこの出来事を知っていて、僕の、　上級オールスター競技者　としての経歴は、終了する事になった。学年の終わりには、すわってずっと競技を見ていた。僕には、こんなふうになっていたんだろうな、と、思う事しかできなかった。

僕は、フォート・ノックスで、自転車乗りを習った。自分の自転車は、持っていなかった。実をいうと、自分の自転車を持ったことが無い。ボブ・フレイザーという、同い年の男の子が、その子の自転車を貸してくれて、乗り方を教えてくれた。それは大人用の自転車で、ボブもペダルには、足を伸ばさないと届かなかった。多分、海外にいる父親の物だったのだろうと思う。

僕が自転車に乗って、ボブは自転車を掴んでくれて、スタートさせた。ボブの家の後ろの路地を前へ進んだが、時々足が、ペダルから離れた。少しして、僕は倒れないで、乗れるようになった。でも、前輪はよろよろして、路地に敷き詰められている、石炭の燃え殻の上に進んで行った。言っておくけど、止まり方は、練習には含まれていなかった。

夕食の時間になって、ボブのお母さんがボブを呼びに来た時には、もう二、三時間経っていた。

「乗っていいよ。」とボブは言って、家の裏口の方へ、歩き始めた。

僕はこの時、少し距離を伸ばしてみようと思い、路地の向こうの端まで行き、平らな通りに行ってみようと思い、左に曲がり、また、左に曲がり、僕の家の前に着いた。僕は、なめらかに家の脇を進んだ。父さんと母さんは、外の芝生用の椅子に腰かけていた。二人とも僕が自転車乗りの練習をしている事に気づいていないので、自分たちの子どもが、ビューン と、丘を下って、まっすぐ大通りへ向かって行っているという、この行動を、二人に知らせるのは無理だった。もっと悪いことに、道は下り坂になっていて、一日のうちで、一番交通量が多い時間帯だった。僕が道を横切って車と出合い頭になるという可能性は、非常に差し迫った状態だった。しかし、アメリカ合衆国の大統領が乗る、リムジンに出くわす――という確率は、百万分の一というんじゃないだろうか。

僕が交差点に向かって疾走していたので、その運転手は、この まぬけ がぶつかろうとするのを見つけ、ブレーキをかけた。その　まぬけ　は、自転車のブレーキのかけ方を知らなかったものだから、車の前に飛んで行き、道路脇のサイクロン防護柵にぶつかって行った。(これが、サイクロン防護柵に止めてもらったのは二回目だったが、最後ではなかった。)僕は、ちょっとしたけがで済んだ。自転車も無事だった。間一髪のところで、車にぶつからなかった。

次の週の月曜日、僕は、他の学校のみんなと一緒に、駐屯地の映画館の前で、道路から三メートルぐらい離れた所に立って、フランクリン・デラーノ・ルーズベルト大統領が乗ったリムジンを、また見る事になる。運転手さんは、僕が立っている様子をぱっと見た。僕は運転手さんが、　あのまぬけ　がまだ生きているのを見て、驚いているのがわかった。

＊　＊　＊

やっとカヌーが完成し、試験航海の準備ができた。僕たちは、夏休みになる、次の土曜日、朝早く、映画の昼興行の前、と決めた。映画は一時から始まるので、充分に時間はあった。僕たちは九時に、二つの木挽き台(こびきだい)の上に乗っている光り輝くカヌーがある、僕の家に集まった。カヌーの形は、曲げた細長い薄板で作り、先細りで、真ん中までの長い板を使った。僕たちは、その薄板を曲げる前に、毎晩水につけて割れないようにした。どの薄板も、二つの水平な、細長い横木の上に置き、釘を打った。これが外枠になった。

次にそれをカンバス地の布でおおった。色は緑にした。一番の理由は、その布がテントだった時から、緑だったからだ。そして二番目の理由は、大工道具屋さんの隣の塗料屋さんが、駐屯地で、色んなところに使われているので、大量の緑色の塗料を持っていて、それをただで、手に入れる事ができたからだった。何度も塗料を塗る事が、防水には必要だという事を教えてもらった。僕たちは、だいたい五層、塗った。僕たちは、これで大丈夫だと思った。ちょっとだけ、――　もしかしたら、――、水は脇から入ってくるかも――とも思った。形はアメリカ原住民のカヌーの形に似せたが、前と後ろは30センチぐらいの高さだった。底は、丸かった。それがデザインの欠陥だった。（訳注　アメリカ原住民のカヌーの舟底はとがっていて、水中で安定する）　最後の塗料も乾いた。そして僕たちは、頭の上に載せて、僕たち三人の、六本の足が、運命を共にして、四ブロック先まで、行進していった。

僕たちが湖と呼んでいた場所は、他の、だいたいの人たちには、湖ではなかったかもしれないが、僕たちには、立派な湖だった。留置所と大きな道路の間は、深い森だった。その森で、留置所が外の世界から見えないようになっていた。留置所の裏手の近くに、一方が森に面し、小川が流れ込んでいる池があった。これが僕たちの〝湖〟だった。一日中ずっとこの場所は、周りの木のおかげで、日陰になっていた。そして、この三人の男の子の手作りの舟を、初めて進水する活動を、隠してくれていた。

僕たちの〝湖〟まで、半分ぐらい来たところで、「この舟を洗礼しなくちゃ。瓶を取って来るよ」と、ドニーがそう言って、家に走って戻って行った。

ユージーンと僕は、ドニーが戻って来るのを待っていた。二、三分後、ドニーが戻って来た。こともあろうに、からしの瓶を持って。

「何に使うの？」ユージーンが聞いた。

「この舟を洗礼するんだよ。」と、ドニーは説明した。

「シャンパンを使うんだよ。」と僕は言った。「とか、ソーダ水とか。」

「だめ、」とドニーが言った。「ソーダ水を無駄にしちゃだめだよ。からしが嫌いなんだ。ちょっとだけ瓶に残っていたから。」

結局、ユージーンと僕は、ドニーとの言い合いをあきらめ、　からし　でいい　という事にした。瓶に水をすくって入れ、振った。僕たちは、舟に瓶をぶつけると、瓶より舟が傷つくのがわかっていたので、小石を、舟の　へさきに置き、ドニーが、その小石の上に瓶をぶつけて、「汝に　〝ノーチラス号　〟と、洗礼名を与える。」　と言った。舟の　へさき　は、黄色になり、舟の色の緑と対照的だった。

ドニーがテスト操縦士と、処女航海の初代船長に選ばれた。ユージーンと僕は、カヌーを水の方へ滑らせ、ドニーがゆっくり、左足を舟に入れられるように、押さえていた。カヌーの半分は乾いた地面にあり、半分は水の中で、しっかり正しく押さえていても、前の方は水の中でぐらついていた。ドニーは落ち着いて、舟の真ん中にすわった。ドニーが乗り込み、パドルがドニーの手に渡され、　押して　という合図を、ドニーが出した。

「一、二、三、押せっ」　と僕は　命令　した。

真っすぐ池の真ん中の方に、カヌーは進み、ドニーが漕ぎ始めた。僕たちが押した勢いで、舟は水の中で、動き出したのだった。カヌーが水の中で止まってしまった瞬間、D・ジョンソン船長は、乗客でいる事を、無責任に、急に、投げ出そうとし始めた。ドニーは、進んで行かないように、のたうち始めた。しかし、彼の努力は、無駄だった。ドニーの、荒々しくのたうち回るのと、じたばたするのとで、バランスを崩し、舟から飛び降りようとしたが、60 cmぐらいの深さの中に足が入って、頭から先に水の中に落ち、結局水の底に、座ってしまった。

〝濡れためんどりのようにひどくいらいらする〟という言い回しを聞いたことがあるだろうか？

まあ、そう、ドニーは、〝濡れた めんどり のようにいらいらした、ひどくいらいらした、 おんどり のように 濡れた〟の、両方だった。

立ち上がり、水から出て来て、物干しロープの洗濯物のように、水をぽたぽた落としながら、まるで全部ユージーンと僕が悪いように、二人に向かって叫んでいた。

ユージーンは、「舟を取って来て！ ドニー、 カヌーを取って来て！」と言っ

た。

「必要なら、自分で取ってきたらいいでしょっ。」とドニーは答え、「僕はいやだっ。」と言った。

まあ、ユージーンと僕が舟を引き揚げたいと思っても、ドニーは手伝ってくれるような気分じゃない、という事はわかっていた。カヌーは、脇半分が水いっぱいになっていたが、まだ、それでも浮いていた。僕は、木の枝を見つけて、岸まで引っ張ってくることができ、ユージーンが舟を掴んで、地面に引き揚げた。

ずっとこの間、ドニーは、「沈めてよっ。」と、叫び続けた。ドニーは、おもしろくなかったのだ。

さらに悪いことに、ドニーは25セントのお小遣いを、無くしたことに気づいた。映画には行けなくなった。

僕は、いい子 なので、ドニーが映画に行けるように、自分のお金をドニーにあげた。僕たちは、池の脇にカヌーを残して、家に帰った。ドニーが文句を言っている事や、母さんに言わないでカヌーの試し乗りに行ったことで、怒られるのはわかっていた。やっぱり、怒られた。でも母さんは、僕たちを、とても愛していてくれていたので、映画に行くことができた。そして、ドニーは無くした分の25セントを、またもらった。ぼくも、もう25セントほしいと言ったら母さんは、 調子に乗らないで と言った。僕はただ、正義はどうなっているのかと思っただけだった。

僕たちが小さな舟を航海させている時、いとこのジェイと、他の本当の　ノーチラス号　の乗組員は、日本の船を沈め、損傷を与えていて、戦争の終わりには、二十二隻の船をやっつけたという事で、名声を得ていた。

僕たちの船の大失敗から四か月後、いとこのジェイ達が乗った船も、トラブルに巻き込まれていた。日本軍は、日本沿岸の、アメリカの潜水艦の存在を探っていたのだった。対潜爆弾が落とされ、ノーチラス号は、被害を受けた。

何千マイルも母港から遠くに離れ、近くに味方はいなくて日本軍だけ。捕まえられないように潜水艦は、修理のために静かにそこを離れた。ノーチラス号は、ミッドウエイ海戦のために航海に戻り、空母　蒼龍　と山風　を沈めた。

第十二章　神聖なもの

夏の間は、駐屯地のプールでたくさん過ごした。イタリア人の捕虜の人達が、フォート・ノックスにやって来た。その人達は、駐屯地で、自由に行動できた。アメリカの兵隊さんのような制服が支給され、左腕に　イタリアと読めるワッペンが付いていた。自由時間の時には、たくさんの　戦争捕虜　の人達が、プールに来ていた。その人達はみんな、ものすごいスイマーだった。何人かは、僕たちと一緒に遊んでくれたり、泳ぎ方を教えてくれたりした。

ある日一人の子が、他の子の上に飛び込みをし、腕を骨折した。捕虜の一人の人が、その子を助けに来て、水から上げてくれ、板を腕に固定してくれて、ひどくならないようにしてくれた。

イタリア人の捕虜の人たちの多くは、カトリック信者だったので、日曜日のミサにたくさん参加していた。みんな幸せそうに見えたし、いつも笑顔だったし、笑っていた。一方、ドイツ人の捕虜の人達は、いつも監視されていて、捕虜の人たちより、いつも一人多く監視の人がいた。冷たくて、時々意地悪だった。僕たち子ども達が近づいたりすると、襲い掛かりそうにして、怒鳴り声をあげ、僕たちを怖がらせた。勿論、監視の人達が大きな声で注意をし、静かにするように言った。ドイツ人の捕虜の人達は、道路の掃除やごみ収集などをさせられていた。イタリア人の捕虜の人達は、アメリカ人の兵隊さん達と同じように扱われていた。

毎年夏、週に一回、僕たちは、宗教の指導を受けていた。ゴールドヴィルに住んでいた時、そこに住んでいる人達のために建てられた、駐屯地の小さな売店のとなりの、大きな倉庫のような、建物に行っていた。六才から、十五才の年の子ども達、全部で十五人ぐらいが参加していた。最初の年は、持ち運びできる祭壇を作って、次に海外へ派遣される従軍牧師さんと一緒に、海外へ送ろうという事を計画した。

男の子たちは、祭壇を作り、女の子たちは、祭壇に掛ける布を縫う、という事になった。大人の人達の助けを借りて、僕たちは、すごく良い祭壇を作った。作り始めの最初の日、僕たちは誰も、何のメジャーも、持っていなかった。プエルトリコから来たひとりの男の子が、指で長さを測り始め、腕で、幅を測った。僕は、それで正確に測れるのか、聞いた。その子は、プエルトリコでは、何でもこの方法で測るのだ、と教えてくれた。次の週、出来上がってから、僕たちは定規を受け取り、測ってみたら一インチ（約　三センチ）の　四分の一まで、その子の計測が正確だったという事が、わかった。

僕はその日、手、指、そして親指で、計測する、という事を学んだ。僕は、　測る　という事をこれまで以上に身近なことに感じるようになった。それに僕は、自分が大股で歩く時の一歩の長さもわかるようになり、歩いて正確に長さを測れるようになった。本当に、プエルトリコから来た男の子に感謝だった。僕の右足から左足がついたところまで、五フィート(一メートル五十センチぐらい)、ぼくは、何度もこの事をやってみて、みんなを楽しませた。

フォート・ノックスに住むようになった最初の年、教会から、二人の若いシスター(修道女)が、宗教の指導のためにやって来た。カトリック信者の子ども達は、週に一度、教会の脇の木立の下に集まった。ピクニック用のテーブルが二つあって、僕たちとシスター達もすわり、普通のおしゃべりのような形で、生活の事や、毎日の経験の中で、どのように善良であるべきか、などを話し合った。これらはとても楽しく、忘れられない勉強だった。夏の終わりに、この勉強会のみんなで、公園に遠出をして、ピクニックをした。僕たちは、みんなで楽しい時を過ごし、最高の夏の一つにしてくれた、素晴らしいシスター達を、いつも思い出す。

次の夏の勉強会はもっと堅苦しかった。そして、僕たちは、公立の小学校の教室を使わせてもらう事になった。宗教学習会への楽しみは、もうほとんど無くなったとはいえ、つまらなくもなかった。でも、あの、教会の隣の木陰での勉強会とは比べものには、ならなかった。

駐屯地ではほとんどの休日、何かしらパーティーやピクニックの行事があった。七月四日の、独立記念日をお祝いするピクニックが計画された。オハイオ川のほとりで開かれた。終わり近くなってみんなで、使った場所の片づけを始めた。誰かが、三ガロン（訳注　十二リットル）入りのポットを、ピクニックテーブルの上に置いていた。僕は、きっと冷たい飲み物かなんかだろうと思った。

いやぁ、まぁ、そうじゃなかった。コップを取ってそれを飲んだ時、結局中身はガソリンだったという事が分かった。全然おいしくないガソリンを、僕の中から取ってちょうだいっ！　それからその日一日中、ガソリン臭いげっぷをしていたので、みんな、　太陽に当たらないようにしないと、爆発するよ　と、　僕に言った。

僕たちが、独立記念日でアメリカの自由をお祝いしている時、ジョニー・ライアンと、ジャック・マクニールは、一九四四年六月六日の、オーヴァーロードと呼ばれる上陸作戦の後、ベルギーへ押し進んで戦っていた。勿論僕たちは、彼らが、一九四五年に本国に戻るまで、その事は知らなかった。

すべてが順調に進んでいると思った矢先、辛い不幸が襲ってきた。僕が学校から帰って来ると、母さんは、家の前の庭の芝生用の椅子にすわっていた。父さんは、その近くに立っていた。

ノーマが学校から帰ってきた時、電報局へ電報を取りに行かされた。今、丁度戻って来て、母さんに電報を渡したところだった。母さんは泣いていた。母さんは、弟のジムおじさんが亡くなったことを知らせる電報を、今受け取ったところだった。ジムおじさんの飛行機が、ドーヴァー海峡で、作戦中に爆撃を受け墜落した、という事だった。この日を境に、いろいろな事が変わって行った。ゆったりと暮らしていた日々が、もう、そうではなくなったように、思えた。戦争が家を襲ってきた。

結局、このように、ジムおじさんだけが、親戚の中で、ただ一人だけ、戦争で亡くなった。戦争で、みんな危険な状態の中にあったにもかかわらず、親戚の中に、他に亡くなった人がいなかったのは何よりだったが、僕たち家族全員は、ジムおじさんの戦死を悲しみ、嘆いていた。僕たちを訪ねてくれてから、一年も経たないうちに、亡くなってしまうなんて。たった一回で、それも、初めての飛行だった。

後で僕たちは、ジムおじさんの副操縦士で、その戦闘でたった一人生き残った人から、話を聞くことができた。ジムおじさんは、墜落後、助け出される直前に亡くなった、という事だった。ジムおじさんは、タレット式爆撃機の砲兵隊員だった。爆撃され、飛行機が水面にたたきつけられた時も、おじさんはまだ沈んでいなくて、その副操縦士が、救命ボートを海の中から見つけて、ジムおじさんを、壊れた機体の中からボートへ引き寄せたが、その後まもなく亡くなった、という事だった。残りの乗組員は、機体と一緒に海に沈んだ。

ジムおじさんは航空兵、いとこのジェイは潜水艦乗組員、二人とも、僕たちの英雄だった。英雄は死なない、とされている。ジムおじさんが亡くなったと聞いた時から、ジェイの事が心配になった。ジェイも英雄だ。ジムおじさんのように死んじゃうの？　他の家族の兵隊さん達も、英雄なのだという事は、戦争が終わって、みんなが家に帰ってくるまで、その事は、わからなかった。

ジムおじさんの遺体は、戦争が終わってから、オマハ（訳注　ネブラスカ州）に埋葬するために、合衆国に運ばれて戻って来た。僕たちはお葬式に行った。世界中で一番悲しい瞬間は、兵隊さんのお葬式の中の、亡くなった人のお母さんや奥さんに、青地に白い星が見えるように、三角に折り畳んだ星条旗を、手渡す場面だ。僕たちのおばあちゃんが、その旗を受け取り、儀仗兵へ微笑んでいて、僕は泣いていた事を、覚えている。

もし、父さんが亡くなったら、軍隊式のお葬式をしたらいいか、母さんは、僕に聞いた。僕の答えは、ノーだった。また、こんな事をやり遂げなければならないのは、いやだった。自分勝手？　そうかもしれない。でも、母さんのようには、僕はできない、と思った。

第十三章　楽園を離れて

フォート・ノックスでの、最後の日々がやって来て、僕たち家族はみんなで、それぞれの友達に、さよならを言いに行った。最後の日の朝、小さな駅まで歩いて行った。そこは、ジムおじさんにさよならを言った場所で、ジムおじさんを最後に見た場所だった。僕たちは、ネブラスカ州のオマハに向かうために、軍隊輸送用の列車に乗り込んだ。

列車は、戦争が終わりそうなので、家に帰る兵隊さん達でいっぱいだった。列車は、満員の兵士達、そして一つの家族・・・三人の小さな子ども達と、その母親、そして、三十五年間軍人で、退役し新しい世界へ踏み出す曹長、とで、一杯だった。

その旅は、二日間かかった。真夏で、列車が駅を出ると、全部の窓が開けられた。夏の終わりの朝のように、暑さを風が弱めてくれるように感じた。でも間もなくして列車が勢いを増すと、みんな急いで窓を閉め始め、列車を、すぐに灰色のもやの中にしてしまう、煙やすすが入ってこないようにした。列車は暑く、息が詰まるような感じになった。

二、三時間ぐらい、暑さを我慢した後、少し すす が入っても仕方がない として窓をちょっとだけ開けるという解決策にたどり着いた。でも、僕たちの顔には、直接はかからなかった。

午後、三時か四時ごろ、父さんは食堂車が無いか探しに行った。すぐに戻って来て、食堂車は無い と言った。

この列車は軍隊輸送用に作られていて、遠くに兵隊さんを連れて行って降ろすためのものなので、食料は、プラットホームから兵隊さん達だけに支給されて、一般市民には、提供されなかった。

長い旅が続くので、父さんは列車が止まると、降りて、アメリカ慰問協会が運営している売店に行き、サンドイッチやキャンディーバーや、飲み物、そのほか売っている物を何か買おうとしたが、支給される食料に不満な、何人もの兵隊さん達と競争をしなければならなかった。兵隊さん達は、野営地や海外で出された食事と同じ物に、うんざりしていたのだ。支給される食べ物を、食べたくない、という人達を、誰も責める事はできない。

何回かの試みの後、買えたり買えなかったり、僕たちはもう、お腹もすいていなくなったし、食べ物の事は忘れていた。僕たちは旅の間中、暑くて息苦しい列車の中で、できるだけ眠ろうとしていた。

二日目の夕方、僕たちはミズーリ川にさしかかった。外はだんだん暗くなっていったが、ドニーと僕は、上の寝台に一緒にいて、窓の外を眺めていた。遠くに町の明かりが見えた。列車が橋の上を　ゴトゴト　と走って、町の方に入って行った。太陽は、僕たちの前で沈みながら、見知らぬ新しい世界と、新しい生活の始まりのための、赤く、明るい輝きを与えてくれた。

第二部　民間人としての暮らし

第一章　到着

僕たちは、一九四四年の夏の朝、オマハに着いた。ノルマンディーに上陸した（訳注　連合軍の、ノルマンディー上陸作戦）という噂は流れ込んでいた。僕たちは大きな事が起こっている事は知っていたが、結果は知らなかった。何人かの友達は、望んでいない電報を受け取っていた。この事は、何かが起こっているという、人々が感じている不穏な情勢を、生じさせていた。ラジオや新聞は取材記事で溢れていた。

人々の一番の気持ちは、戦争はもうすぐ終わるだった。愛する人を亡くした人達にとっては、戦争はもう終わっていて、そして、戦争には負けた事になっているのだった。他はもうどうでも良かったのだ。誰もがみんな連合国軍が、一端ヨーロッパの地に上陸してしまえば、一週間以内に戦争は終わると信じていた。僕たちが先に少し知っていた、最悪の部分は、まだ、アメリカ軍には、襲い掛かっては来なかった。何が起こっているかはわからなくても、誰もがみんな元気が良く、何事にも積極的だった。みんな、〝便りが無いのは良い便り〟という幸福感に、波長を合わせていた。

僕たち兄弟、弟、姉さん、そして僕の、三人の考えは別の所にあった。幼い僕たち三人は、軍隊の庇護の外で生きていくのは初めてだった。他の人達にとっては、そんな事は大した事ではないように思えるだろうが、僕たちにとっては、とても大きな事だった。実際、本当に大きく、怖い事だった。

僕たちは、お金に困るとか、狭い場所しか歩き回れないとか、そういう感覚が無く育った。僕たちだけの小さな世界は終わってしまった。僕たちの世界は、お金が足りなくて、何かやりくりしなければならないとか、オマハのような大きな町で、うまくやって行かなければならない、とかいう事が、今まで無かった。駐屯地という境界の中で暮らしていた時は、僕たちの見える範囲や、活動範囲が広がっていく、という事は、めったに無かった。引っ越してきた、大きな町オマハは、いろんなことがありすぎて、まだまだ、わからないことだらけだった。慣れるまで、時間がかかった。

最初の衝撃は、母さんの親戚の多さで、総勢何人もの、本物　に、会った事だった。初めて会った時は、僕たちは小さすぎて覚えていない人達ばかりだった。フォート・ノックスに住んでいる時に、オマハに連れて来られたのをぼんやりと覚えているだけだった。おばあちゃんとおじいちゃんは、今と違う家に住んでいて、何回か会っただけだった。おじいちゃんとおばあちゃんの思い出は、いつの間にか消えつつあった。

その次に乗り越えなければならないのは、駐屯地の生活で慣れていたように、お金に困らない、何でも買えるという事ではない、という現実だった。同時に僕たちには、乗り越えなければならないハードルがあって、先の予想ができない、という事だった。人々の考え方が違っていた。そこには、軍の制服も無ければ、職場が同じで、同じ事をして、というような近所づきあいはなかった。駐屯地での生活の安全と安心が急に取り除かれた事は、本当に、楽園から放り出されたようだった。　僕たちは、聖地だった駐屯地での生活から、移動させられたのだった。僕たちは、何かわからない間違いをおかして、罰を与えられたように感じた。

僕たちの、ジョン・オコーナー大叔父さん（訳注　おばあちゃんの弟）が駅で僕たちを出迎えてくれて、おじいちゃんとおばあちゃんの家まで、車に乗せてくれた。そこは、これから十か月間、僕たちの〝おうち〟になるのだった。駅から町の方に車が走っていく時に、太陽が沈む光と、町の明かりが、暗闇を通り抜けた。僕たちは、道に沿った明かりが全部見えた。いろんな角度に長い影を落としていた。ちかちかと光る、まぶしい光が、車の窓の脇を流れて行った。町の中心部から離れた所を通っている時、僕たちは、高いビルと明かりを、至る所で見かけた。僕たちが今まで、一度も見た事が無い光景だった。僕はまるで、都会を見た事が無い、田舎から出て来た男の子のようだった。

フォート・ノックスの回りは、少ししか明かりが無かった。通りには、街灯があったが、それだけだった。たいていの、商店の建物や軍の建物は、入口の近くに一つか二つの小さな明かりがあるだけで、大きな宣伝の明かりや、たくさんの明かりがついた商店の前とか、このオマハで見るようなものは、何もなかった。

オマハはとても不思議な町に感じられた。通りには、僕たちの車だけだった。町の中心部に進んで行き、たくさんの明かりを見たが、人が住んでいる感じがなかった。南に向かって町の明かりから離れ、小さな商業地域と、列をなす住宅街の地域に入って行った。

僕たちは、すぐに、フォート・ノックスが恋しくなってしまった。僕はわかっていた。それは、駐屯地を離れて来たのが日中で、そして、この町はこれから暗くなるからだ。僕はすごく傷ついていた、しかし同時に、すごくわくわくしていた。それは、僕たちが未知の世界へ丁度足を踏み入れたからだった。高いビルに、広い道路、いたるところの明かり、僕は、いろんな事から考えてみようとしていた。

ものの数分で、南オマハの住宅街に入った。ずっと向こうの左側に、暗闇の中で光っている銀色の橋が、現れた。

橋のたもとは明るく照らされていて、街灯が、ミズーリ川を渡っていく全長を、照らしていた。

ここで車は右へ曲がった。ガソリンスタンドが南にあり、商店が通りの向かいにあり、そして、もう一つのガソリンスタンドがあった。そこから一ブロック行き、また右に曲がり、ジョン大叔父さんは、玄関に通じる道へ入った後、曲がり角を登って、後ろ向きに登り、歩道と平行に、ちょっとだけ車を動かした。そして、車を停めた。僕たちは、みな　どやどや　と　車から降り、トランクから自分たちの荷物を出し、玄関に続く階段を登った。

周りは真っ暗だったが、家へ続く階段を登る時、右側の方に橋が見えた。次の朝まで、家がどんな風なのかわからなかった。

僕たちが居間に入って行くと、おばあちゃんが、僕たちに挨拶するためにそこにいてくれた。僕たちにちょっとしたお菓子をくれた。「旅はどうだったの？」の質問の後、僕たちは眠ることができた。他の事はすべて、次の朝までお預けだった。

次の日の朝、太陽が昇り、もうどこも　〃暗く〃はなかった。僕たちは台所のテーブルにすわり、太陽の光が、白いカーテンの薄布を通して差し込み、もう一度、全員が顔を合わせ、おばあちゃんが用意してくれた、すごいごちそうの、朝食を食べた。オーブンの上のベーコンと卵のにおい、トーストが跳ね上がる音、陶器に立てかけられた、銀のナイフとフォーク、スプーン、新しい笑顔が食べ物を囲み、台所を満たしていた。物事は、少し上向きに始まった。おばあちゃんは本当にお料理が上手だった。

ジョン大叔父さんは、十六才からバーリントン鉄道で働いていた。おばあちゃん(ジョン大叔父さんのお姉さん)と一緒に暮らしていた。ずっと前に、愛していた女の人が亡くなって、その後、誰か他の人を探す、という事はしなかった。戦争中のその時は、五十代だったので、軍に召集されることはなかったのだった。

この、本当に大きくて古い家には、おばあちゃん、おじいちゃん、ジョン大叔父さん、メリーおばさん、ジーンおばさん、(ジーンおばさんと双子の、弟のジャックは、母さんの一番下の弟だった)、ジーンおばさんの赤ちゃんのジーニー、そしてディディズおばさん、メリーおばさんの旦那さんの、レッド・ジョイ。レッド・ジョイおじさんは太平洋に行っていた。ディディズおばさんは、もうすぐ農家の、ヴァーノン・グルムという人と結婚することになっていた。メリーおばさんは、だんなさんのレッドおじさんが戦争から帰って来たら、引っ越すことになっていた。それに今、ジョンソン一家の五人が加わり、全部で十二人家族となった。ありがたいことに、全員が住めるほど、家は充分大きかったので、まあ何とか、大丈夫だった。

この事を言い忘れるわけにはいかない。ほとんど全員アイルランド人一家だった。古い家系で、母国を離れてそんなに何代も経っていず、カトリック信者、団結心が強く、ウイスキー飲みだし、ビール飲みだし、ウール地を緑色に染めた洋服を着て、100パーセント、アイルランド人だった。家族の中で、100パーセントアイルランド人でないのは、ドイツ人のヴァーノンさんと、スコットランド人とアイルランド人の血を引く、僕の父さんだった。なので、父さんの子ども達は、四分の三　アイルランド人で、一族として通用した。残ったヴァーノンさんは、もうすっかり、〝アイルランド人〟になっていて、ドイツ人だという事は、わからないぐらいだった。

おじいちゃんは、気短な老人で、言いたいことを言い、したいことをした。おじいちゃんは、183センチぐらいあって、がっしりしていて、一番肌が白く、髪もふさふさで、その年代では、見た事がないぐらいだった。おじいちゃんは、蒸気管取り付けの仕事を引退していた。おじいちゃんは、杖をついて歩いていたが、それは杖というより、棍棒(こんぼう)と言った方がよく、アイルランド製の棍棒だった。さすが、おじいちゃん　それを、杖として使っていた。

退職してからは、特に何もすることが無く、バスで町へ行き、何人かの古い友人たちと会うか、通りをウインドウショッピングしながら、歩いていたりした。そんな外出の際に、二人の十代の少年たちが、おじいちゃんを追いかけて、バスに乗り、家から一ブロック手前でバスを降りた時、おじいちゃんに、強盗を働こうとした。これが彼らの大きな間違いだった。お巡りさんがやって来た時、おじいちゃんはその二人を、壁の前に立たせておき、動こうとすると杖で脅していた。

おじいちゃんは、暴行と殴打の罪で逮捕された。その後、物事は正しく整理され、警察はおじいちゃんを解放し、替わりにその少年たちを逮捕した。誰もおじいちゃんに手出しはできないのだ。

僕たちジョンソン一家がこの家に移った時から、おじいちゃんは、僕がドニーなのかジェイなのか覚えられなかった。

おじいちゃんは僕に、「ドニー、ビールを持って来てくれ。」

僕は、「僕はドニーじゃないよ、ジェイだよ。」と言う。

するとおじいちゃんは、「どっちでもいいから、ビールを持って来てくれ。」と言うのだった。

勿論、僕は、地下の冷蔵庫に行き、ビールを持ってきてあげた。 みんな大人たちも、おじいちゃんの言う事を聞いた。

オマハには、他にも母さんの家族がいた。ミム(マグダレン)・ライアンだった。だんなさんは、戦争に行っていて、自分の家を持っていた。ミムおばさんは時々やって来たが、ほとんどの時間は、電話交換手として働いていた。それから、チャーリー・マクニールとその奥さんのジョー(ジョセフィン)、それに、二人の息子たち、ジムとディックだった。その人達とは、クリスマスのように、一緒に家族が集まる時や、戦争から誰かが帰ってきた時だけ会った。ジムはノーマより一つ年上で、ディックは僕より一つ年上だった。いとこたちと僕たちは、大きくなるまで、高校生になるぐらいまで、友達になることはなかった。いとこの二人は、オマハの南の方の高校に行き、僕たちは北の方の高校に行った。僕たちの家は、ミズーリアベニューに面していて、通りの北側、ミズーリ川にかかる、アイオワ州につながる橋から、だいたい二ブロックぐらいだった。ミズーリアベニューは、ほとんど、二つの州(訳注　ミズーリ州とアイオワ州)を、人や物を運んで行き来する往来が、とても激しい通りだった。

この大きな古くて白い家は、歩道から引っ込んでいて、その歩道は、たっぷり三メートルあって、家の前までつながっていた。一メートル五十センチの高さのコンクリートの囲い壁が、家の前から家の東側の歩道へ、そして北の方へ続き、下り坂になる通りへ続き、そして行き止まりになっていた。家は大きな通りに、ぎりぎりまで面していた。歩道がかろうじて、曲がり角と囲い壁を、分けていた。家の土地は、囲い壁から四メートル五十センチぐらい高い、急斜面の上に建っていた。北の方への通りの端は、下り坂になり、南の方の端は、大きな木立になっていて、木立の東側は何もなく暗い感じだった。

このミズーリアベニューは、両側に家が建っていた。緑の芝生と日差しを遮る高い木が、絶えず通りに影を落とし、道路と、その木立に囲まれたところを、大きな緑のトンネルのようにしていた。

第二章　新しい家に落ち着く

一階にあったおじいちゃんの部屋をサンルームに移したので、ドニーと僕は、おじいちゃんが使っていた部屋の、大きなダブルベッドで眠ることになった。サンルームは、元のおじいちゃんの部屋より大きかったが、通りに面していたので、車の音がいつも聞こえていた。

おじいちゃんの部屋への　僕たちの滞在　は、　短い命　だった。僕たちはベッドの上でジャンプをしたり、レスリングをしたりしたので、ベッドを壊してしまったのだった。でも二回目は、僕たちのせいではなく、僕たちが眠っている時に、ベッドの横木が壊れてしまった。真夜中の一時ぐらいで、横木が折れて、僕たちは目が覚めた。直そうとしたが、突然こらえきれなくなって、キャッキャッ　と笑ってしまい、他のみんなを起こしてしまった。僕たちはおじいちゃんの部屋から　追い出され、　三階に　流刑　の身となった。この部屋は、暖房も窓もない屋根裏部屋だった。壁は塗られていず、斜めの天井から裸電球が吊り下げられているだけだった。

この　独房　には、利点があった。飛び回り、騒ぎたいだけ騒ぐことができ、とても広かった。屋根裏のベッドは、五枚のしっかりした重いキルトだった。冬は僕たちの息が見えるぐらいだったが、ベッドの中はとても暖かかった。夏は、地球上で、ここほど暑いところはなかった。幸い、暑くなってくると、そこで眠らないで済んだ。暑くなるまでには、僕たちの家族は、自分たちの家を持つことになったからだった。もしその屋根裏部屋に寝ていたら、　こげて　いた　に違いない。

その屋根裏部屋は、本当に広かった。そこにたどり着くには、一階の、壁で囲まれた階段を登り、踊り場に出て、180度向きを変えて、もう一つの急な階段を登り、最後に長い廊下にたどり着く。この廊下の右側にドアがあり、そこが、僕たちの〝独房〟だった。おばあちゃんの家での、残りの生活を、そこで過ごすのだった。いつも、おばあちゃんの家だった。なぜそうなのかは、最後まで分からなかった。おじいちゃんもそこに住んでいるし、その家は、戦争に行っている、ジャックおじさんのものだった。ジャックおじさんが、海外の戦地に行く前に、自分の両親(僕のおじいちゃんとおばあちゃん)のために、買ったものだった。

僕たちが、予定より長く住むことになったので、この最上階は、改装が必要になった。壁はくすんだ色の壁紙だったので、おばあちゃんが、それを取り換える事に決めた。決まってから最初の土曜日、仕事があるジーンおばさんを除く、女性全員が家に集まった。全員で壁紙をはがすことから始めた。ドニーと僕は、家の中のこの最上階全部を使う事になるかもしれないと思い、喜んで手伝った。僕たちが、改装の、何かしらの理由だったのだ。そして、家回りの何かをするには、人手がたくさんあるという、もう一つ理由を、おばあちゃんは見つけたのだった。

僕たちは、壁紙をはがすために、壁に蒸気をあてる事から始めた。それから、壁をこする作業が長く続いた。

最上階の廊下は、蒸し暑くなり、蒸気で一杯になり、古い接着剤のにおいが漂っていた。全員で一生懸命、二、三時間こすった後、お昼ご飯の休憩を取った。おばあちゃんは　仕事仲間　のために、サンドイッチを用意してくれた。

僕はお昼を食べた後、みんながいる場所から離れた部屋で休んでいたら、すごく深く眠り込んでしまった。この、ちょっとした間の〝眠り〟は、僕の思い出の中に、一生残ることになる。それは、とても愉快な幻覚で始まった。壁一面が、今まで見た事もない、いろんな鮮やかな色の、初めて見る悪魔で溢れていた。全部が素早く動いた。ひとつが消えると別な悪魔が替わって現れた。これらの幻覚は、壁紙を貼るための、接着剤のせいだという事が後でわかった。二年後、新しい家で姉さんの部屋の、壁紙はがしを手伝っている時に、同じ事が起こった。スチーマーのスイッチが入ったままで、部屋には蒸気が充満していて、そこで僕が寝息を立てているのを、母さんが見つけた。僕は、へんてこな夢を見ていたので、目を覚ますことができて、嬉しかった。同じ悪魔とその友達が現れ、僕にいたずらをしている夢だった。

おじいちゃんとおばあちゃんの家や、周りの庭、家にくっついている車庫、そして地下室など、二、三週間ぐらいの興味深い探検の後、僕たちは、家の側の、北に向かっている道の向こうまで、歩き回る範囲を広げてみる事にした。その道は、木や、低い植え込みの、深い森で、行き止まりになっていた。右側は、地面が大きな窪みになっていて、ゴミ捨て場になっていた。150メートルもない、短い、ゴミで汚れた小道が、ゴミ捨て場の左側で、終わっていた。小道はそこから分かれていて、一方が、まっすぐ森へ続いていた。

この森は、ロビンフッドや、マホーク族や、ダニエル・ブーンの森みたいだった。これは探検しなくてはならない。ドニーと僕は、影が不気味にのしかかってくるような、外のすべての音が消されてしまう、この ジャングル に、二、三メートル足を踏み入れた。

僕は、振り返ってドニーに、「もう少し遠くに行くには、武器を持っていた方がいいと思わない？」と言った。

ドニーは賛成した。この場所の秘密は、別の日まで、お預けになった。

僕たちは、暖かい場所でほとんど暮らしていたので、弟、姉さん、そして僕は、寒さや雪を追い払うような、丁度良い服を持っていなかった。ノーマはジーンおばさんから、感じの良いコートとブーツをもらった。大きさは丁度良かった。ドニーと僕が問題だった。僕たちは、ケンタッキーの、穏やかな冬に来ていた薄い上着に、セーターを足して着ていた。体温を保つには充分だったが、雪は、また別の問題だった。メリーおばさんが、だんなさんが戦地に持って行かなかった長靴を、持って来てくれた。五サイズぐらい大きかったが、それを履かなければならなかった。

　僕たち二人、雪の中を三キロメートル以上、長靴につまずいて転ばないように、気を付けて、とぼとぼ歩き、ちゃんと履き続け、やっと学校に着くことができたのを、今でも覚えている。脱げてしまうという問題はなく、ただ、バックルをはずして、遊びに行かなければならなかった。

　僕は、我がクラスメート諸君　は、きっとからかうんじゃないかと思っていたが、驚いたことに、みんなはかっこいい　と、思っていたのだった。僕たちが今住んでいる地域は、そんなに豊かな暮らしをしている地域ではなかったので、どんなおさがりでも、喜ばれたのだった。僕たちが、前に住んでいた駐屯地では、そういう事は、あまりうまく行かなかった。だから、この地域に越してきたのは、ありがたかった。越して来たというより、あちらを、追い出されたのかもしれないけど。僕たちは、確かに、よそ者だった。よそ者として、もう一つ乗り越えなければならない事があった。

最初の日曜日、僕たちは、朝早く教会へ出かけた。セント・ローズ教会、僕たちが行くことになる、学校でもあった。車が、黒のシボレーのクーペで、外部座席付きの一台しかなかったので、順番に行かなければならなかった。

ジョンおじさんは、救護院の近くまで一緒に乗って行って、そこの教会へ行った。

僕たちは、ジーンおばさんが運転する車で、初めてその教会に行った。ノーマ、ドニー、そして僕が第一陣として参加した。ノーマがジーンおばさんと一緒に前の席、ドニーと僕が、後ろの屋根のない席に乗った。ランブルシート(屋根のない席)に乗ったのは、本当に初めてだった。

その教会は、四教室ある学校の建物に外壁を覆いかぶせて、教会にした建物だった。初めに学校が建てられて、教会区が充分にお金を準備できた後、教会にし、その一番上の階を、学校の教室に転用したのだった。

僕たちは、その年の秋にセント・ローズ教会で、学校生活をスタートした。始まってすぐは、生徒たちは、とても排他的だったが、新参者をすぐに受け入れてくれた。休み時間、僕はクラスの子達と、アメリカンフットボールをしたかった。

リーダーは、痩せていて、黒髪、細い顔の男の子だった。その子が僕に、「キックを止められたら、仲間に入れてやるよ。」と言った。

僕はこういう、鼻持ちならない態度に慣れていないほど、世間知らずではなかった。その子が何をたくらんでいるかが、わかった。今度はそのリーダーの相棒らしい、体格のいい男の子が、僕の顔めがけて、キックしようとしていた。僕は身構えた。

スリーポイントシュートのお手本のような構えから、その子が僕の方へボールをキックした。僕はジャンプして、胸の高さでボールをキャッチした。そして後ろに下がり、出来るだけ強くキッカーへボールを投げた。そのボールは、その子にものすごく強く当たったので、その子は、地面に倒れてしまった。そして、驚いた顔で、座り込んでいた。

みんなこれに驚いて、他の子達は、にやにや笑い始め、みんな笑い始めた。その瞬間、大柄なキッカーも地面の上に座ったまま、大笑いに加わった。この、氷　が溶けてからも、しばらくは、その子にとって、まだ僕は、新参者だった。

何人かの生徒のお父さん、おじさん、もしくは兄弟が、遠くの戦争に行っていた。何人かは、いやな電報を、もう受け取っていたし、この地域の、戦争に行った何人かは、負傷して家へ帰って来ていた。これらの運命は、罪のない犠牲者たちの、瞳の中に見て取ることができた。それは、他の人が見る事ができない、どこか遠くをじっと見ている、というような感じだった。

ドニーやノーマのクラスは、それほど排他的ではなく、慣れるのは簡単そうだったが、もしかしたら、僕自身のせいだったのかもしれない。いずれにせよ、二人とも、僕ほど、受け入れられるために、たくさんの問題や、何度も試される、という事は、なかったようだった。

二、三日後、グラウンドの方へ歩いていたら、二人の男の子が、ドニーを地面に押し倒して、その上に二人が乗っていた。これは良くない事だった。もし、ドニーを痛めつけるとしたら、(兄弟げんかをする)僕であって、他の子ではない。僕は、覆いかぶさった二人の方に走って行き、二人を掴み、二人の頭をぶつけ合わせた。二人とも気を失って倒れた。その子たちは、何が起こったのかわかるまで、二、三分かかり、起き上がって、歩いて離れて行った。僕はドニーを起こして、大丈夫だったか聞いた。ドニーは大丈夫だと答えたが、それで事は終わらなかった。グラウンドを監視する役目のシスターが、全部の出来事を見ていて、僕を呼び寄せた。シスターは、ある程度までは、よく理解してくれた。そして、僕はちょっぴり乱暴すぎたけど、あの二人にも来てもらわないと、と言った。そして、とにかく校長先生にも報告しなければ、となった。

僕たちは、この学校にちょっとしかいなかったので、未だに、校長先生とは会っていない。大体、皆さんはもうわかっているだろうが、この状況では、僕は、この校長先生とは、会いたくなかった。けんかの事ではなく、二、三すごい言葉遣いをした、とか、なんとか、すべての出来事が、父さんと母さんに報告された。結局、特別に宿題を出され、四年生の男の子たちの〝クラブ〟には、また一歩親しくなり、校長先生からは、また一歩嫌われてしまった。

先生たちの眼鏡で、僕を調査したり点検したりしない、良い先生たちを見つけるのは、なかなか困難だった。学年の残りは、僕は、聖人ジェイ　だった。宿題を全部きちんとし、グラウンドでの問題からは、距離を置き、立派な顔を身に付けていた。

セント・ローズ学校は、二つの教室があって、それぞれの教室で、四学年一緒に勉強していた。ヴァイングローブでも、同じようにニクラスだったので、僕たちはこういう形には慣れていた。

建物の二階が教会だった。とても新しい赤いレンガの建物で、後ろの方にコンクリートの階段が、続いていた。

町の中心部、南オマハはおばあちゃんの家から、まっすぐ西へ1.6キロメートル　ぐらいだった。歩いて行くのはとても簡単だった。僕たち三人の子ども達と母さんは、お天気が良ければ、ほぼ、毎週土曜日、外出した。

父さんの退職金の小切手が届いた時、そのお金を、少しちゃんとした、冬の服とコートを買う事にあてる事になった。お天気が悪くなってきて、霧雨や、雪混じりになったりすると、おばあちゃんの家より、半ブロック西で止まり、あとは、町のどの停留所にも止まるバスに乗ることにした。

ある日のお出かけで、ドニーと僕は、本物の大工道具で一杯の、道具箱を買ってもらった。ジョン大叔父さんは、木材や塗料を、地下室にいくつか持っていて、僕たちに、その道具を使って、試しに何か作らせてくれる事になった。僕たちは、いとこのジーニーの、お人形のためのベッドを作ることに決めた。最初、失敗した後、やっとベッドに見える物を、作り上げた。たくさんの塗料を取り出して、じっくり見て、一つは真っ赤に、もう一つはスカイブルーに塗る事に決めた。お人形のベッドに塗料を塗り、乾くのを待った。

ジーニーのお母さんのメリーおばさんは、　ジーニーのために作ってくれて、なんて優しいんだ　と思ってくれ、と

ても上手にできた　と思ってくれた。お人形たちには、そのベッドはちょっと小さかったことがわかったが、いずれにせよ、ジーニーはそれでお人形遊びをした。お人形の足が、ベッドの端にかかってしまうのなんか、何にも気にしていなかった。ジーニーはそれをもらって、とても嬉しがっていた。

ドニーと僕は、学校から帰った子ども達に合わせた、ラジオ番組を聞くために、学校が終わった後、急いで家に帰っていた。〃ローンレンジャー〃　〃ジャック・アームストロング〃　〃テリー　アンド　ザ　パイレーツ〃その他、子ども達向けのラジオ番組は全部聞いていた。夕ご飯の時間まで、ずっと聞いていた。夕ご飯のすぐ後は、宿題の時間だった。おじいちゃんのラジオは、コンソールタイプで、玄関から入ってすぐの部屋にあった。僕たちが楽しいと思うほど、それらのラジオ番組に興味のない他の家族からの雑音を消して、ドニーと僕は、刺激的な楽しい音がよく聞こえるように、ラジオの前の、出来るだけ近い床に座った。

土曜日ごと、ドニーと僕は、おじいちゃんとおばあちゃんの家の、すぐ東側の道の、北の行き止まりの窪地を探検し、もっと奥まで冒険しようと、また、出発した。そこは、僕たちにとって本当に魅力的な森だった。窪地への小道は、坂になっていて、左側が、ごみ捨て場として使われていた。ごみには、いつも大きなねずみが　うじゃうじゃ　いた。日中にねずみを見たのは、初めてだった。何匹かのねずみは、おじいちゃんとおばあちゃんの家の裏庭に入り込む道を見つけていたので、ドニーと僕は、その数を減らすことにした。おばあちゃんは、僕たちがねずみを捕まえたら、一匹につき、25セント　あげる　と言った。僕たちに、大きなねずみ取りを準備してくれて、僕たちは、まじめに、　ねずみ捕りのビジネス　を、することにした。

第一日目、ねずみ捕りには、ピーナッツバターを仕掛けた。大きな五匹を捕まえた。この大捕物は、僕たちを元気づけ、もっとたくさん罠を仕掛ける事と、もっと何回も、罠を点検することにした。一か月以上僕たちの罠はうまく行き、たくさん捕まえる事ができた。だんだん数は減って行き、ぜんぜん罠に掛からない日や、捕まえても一匹とか二匹になっていった。僕たちは、だんだん飽きて来て、〝ねずみ捕り〟のエピソードは、結局終わった。優に、五十匹以上のねずみが〟天上に旅立った〝ことになる。

小道は、ごみ捨て場の周りにしかなかったので、もっと遠くに行ってみようという気持ちを、くじけさせた。でもドニーと僕は、　勇敢で好奇心が強かった　ので、やぶをかき分け、木々の葉が覆いかぶさり暗がりを作る場所、朽ち果てた切株、きのこがたくさん生えているところ、黒い土の地面、を通り抜け、窪地の向こうの、もっと低い所まで、進んで行った。しばらく歩き続けると、野宿をしたような、跡を見つけた。木炭や、半分焼けた小枝などが、近くの盛り土の上に、積み重ねてあった。盛り土の所は、もぐり込めるぐらい掘られていて、雨風をしのげるようだった。地下壕　は、二、三枚　毛布が敷いてあり、ちょっとしたベッドのように、広げてあった。

僕たちは、誰か、放浪している人たちの、野宿の場所を、偶然見つけてしまったようだった。それから二、三週間、僕たちは、野宿の場所に、注意を払っていた。ある日僕たちがそこに戻ると、　誰かがそこにいた　という跡は、全部無くなっていた。そこに敷物を敷き、火を起こした誰かが、戻って来て、燃えた木も全部きれいにしていった。誰かがそこにいた　ということがわかる物は、もう何も無かった。

さあ、今度は僕たちが、この森の、この場所の、権利を主張する番だ。僕たちは、このすてきな森の真ん中に秘密の野営地のための場所を探すことに取り掛かった。時が経つうちに、僕たちは、ボビー・カップと偶然、出くわすことになる。ボビーは、ミズーリ川と並行して走る、南北の通りの十三番街に住んでいた。その子の家も窪地の横に建っていた。ボビーはとても活発で、赤毛の子で、ドニーや僕の好きなものに、だんだんと調子が合ってくるようになっていた。僕たちはすぐ意気投合し、一緒に探検を進めて行く事になった。

僕たちは、この深い森で、僕たち自身の　防衛　のための、〃砦〃づくりを手伝ってくれるように、と頼んだ。土曜日、僕たちは、砦を作る一番良い場所を、探しに出かけた。窪地を少し探した後、中くらいの高さの若木で覆われた、小さな丘が目の前に現れた。丁度いい場所というだけでなく、砦を作るための材料も手近にあった。

僕たちは、すぐに砦作りを始めた。僕たちは、クリスマスプレゼントでもらった、ナイフと鉈を持って来て、小さな丘の、小さな木や　やぶ　を、取り除いていった。ボビーは、自分で木を切って作った、根元から1.8メートルある、Y字型の熊手を使って、小さい木を切っていた。不思議なことが起こった。ボビーはよろめいて、熊手の真ん中に落ち、熊手の下が前の方に急に動いた。ボビーは前向きに引っ掛かり、Y字の熊手は後ろに反り、そしてちょっと前の方の地面に、突き刺さった。この一連の出来事は、丘の三メートルぐらい下で起こった。結局、下向きの弾みはもう無くなり、木と、ボビーの　ゆらゆら　は、急に止まった。不運なことに、この時点でボビーは前向きの姿勢で、木の支えも無くなり、そのまま頭から地面に落ちてしまった。

ボビーの転落の一部始終を、ドニーと僕は、頭が割れたんじゃないだろうかとか、首の骨を折ったんじゃないだろうか、と思いながら、ぞっとして見ていた。驚いたことに、そして、大いに安心したのは、この試練で、ボビーの自尊心だけが傷ついて、終わったという事だった。ボビーが立ち上がって、何の傷も身体に受けなかったことがわかった時、ドニーと僕は転がりながら笑い始めた。

ボビーは、何もおかしい事は無い、と　ぎゃんぎゃん　怒って、何もおもしろくないと、僕たちにわからせようとした。いろんな事をして僕たちに怒りをぶちまけて、向きを変えて、ぷりぷりしながら、窪地の小道を戻って行った。ボビーが屈辱から立ち直るのに、二、三日かかったが、その後、何事も無かったかのように、僕たちは、また、砦作りに取り掛かった。勿論僕たちは、ボビーがまた一緒にするようになってから、　地面を確かめないで丘を降りる方法　などという事には、決して触れないようにした。

ボビーの家族は、ある雨の嵐の日に、とても不思議な経験をした。ボビーの家に雷が落ち、火の玉が、床や天井、壁を焦がしながら跳ね回った。スニップさん（訳注　ボビーのお父さん）はそれを追いかけ、思いがけず捕まえる事ができ、家の外へ投げてやったという事だった。悪いことに、そのおかげでボビーのお父さんは、両手を火傷してしまった。保険がおり、家の中は全部塗り替える事ができた。

近所には他にも子ども達がいた。男の子のグレッグ、黒と白のぶちの、トゥービッツという名前の犬を飼っている、同い年の女の子のグレースがいた。

近所の人達が、庭にできた蜂の巣を退治したがっていたので、グレッグとグレースと僕たちは、退治する手伝いをする事にした。蜂が入って行く巣の入り口に、新聞紙を何枚か詰めて、そこに火をつければいい、そうすれば蜂は逃げていくだろう、　と、僕たちは考えた。新聞紙を入口に詰めるのは、見かけより簡単ではなかった。何回か試した後、そして、蜂が何匹か刺そうとした時、新聞紙は詰められ、火がつけられた。これに蜂は驚き、結局蜂が騒ぎ始め、僕以外、みんな刺された。なぜかわからないが、蜂は僕を襲ってこなかった。真っただ中にいたにもかかわらず、だ。　僕は、何度も蜂に囲まれた事があるが、なぜだかわからないが、蜂たちは、僕を刺さない。きっと僕がひどい匂いなんだろう。ひどい体臭か何か、わからないけど。

森とごみ捨て場の脇の道路の端に、ジェフとリロイという二人の男の子がいる、家族が住んでいた。ジェフはまあ、普通だったけど、リロイはちょっと違っていた。リロイは話し始めると、きりなく、ずっと、話して、話して、話し続けていた。誰かが聞いているとか、聞いていないとか、お構いなしだった。とにかく、しゃべって、しゃべって、しゃべり続けた。誰もリロイの話は、聞いていなかった。ほとんどが、自分の話だけだったからだ。

土曜日、ドニー、ボビー、僕が、砦に行く途中、ジェフとリロイの家を通りかかり、ちょっとおしゃべりをするために、立ち止まった。僕たちがジェフと話をしている間、リロイは二、三メートル 向こうにいて、しゃべりながら、電柱にポケットナイフを投げていた。誰もリロイの事は、気にかけていなかった。いきなり、ものすごい悲鳴が聞こえた。みんな、リロイの方を見た。リロイは、両手をあげて、その手を震わせていた。リロイが僕たちの方に顔を向けた途端、彼が電柱に投げたポケットナイフが、左目に刺さっているのが見えた。

目に刺さっているナイフ、血、そして、リロイの、ものすごく跳ねている様子を見たショックの後、ジェフはリロイを通り越して、叫びながら、母親を呼びに、家へ全速力で走って行った。ジェフとリロイのお母さんは、飛び出して来て、ぞっとする情景を見て、まずリロイを落ち着かせ、それから大急ぎで病院へ連れて行った。僕たちは、今が、森や砦から、立ち退く時だ、と思った。

しばらく経って、リロイは目を取り、すっかり回復した後、僕たちは二人にばったり会った。怪我をしてもリロイのおしゃべりは止まらず、性格も変わらなかった。すぐに、どういうふうに目を治療してもらったかを、話し始めた。リロイは、ガラスでできた彼の目を取り出して、だらだらと長い話を終わりにした。僕は、ガラスの目よりも、取った所の、ぽっかりと空いた、穴の方が気になった。リロイは、ガラスの目玉が自慢で、誰にでも取り出して見せていた。そして、持ってみたいと言えば、誰にでもそれを掴ませていた。

僕は、おばあちゃんの家の、すぐ脇の、歩道に立っていた。ちょうど朝の十時ぐらいだった。ボビー・スニップの家に行く途中で、男の人がミズーリアベニューのおばあちゃんの家の前を、行ったり来たりしているのを見つけた。僕はその人の髪が赤い色だという事に気づいた。すぐに僕は、レッド・ジョイおじさんだと思った。

その人に近づいて行って、「レッド・ジョイさん？」と聞いた。

「君はきっと、ジェイかドニーだね。」と、その人は返事をした。

「そう」、と僕は言って、「僕はジェイだよ。もしおばあちゃんの家を探しているなら、丁度、ここだよ。」と、言って、右側の家の方を指さした。

僕はレッドおじさんと会った事はなかったし、おじさんも僕を見た事が無かったのに、すぐに、家族だと、僕たちはわかった。おじさんはどこかに行く途中で、ちょっと立ち寄っただけだったという事は知らなかった。勿論、メリーおばさんは、僕たちが一緒に家に入って行った時、我を忘れて喜んだ。二人の子どものジーニーは、最初誰だか分らなかったが、レッドおじさんが抱っこしたり、高い　高い　をしていると、ずっと一緒にいたような感じだった。

メリーおばさんは、もう新しいおうちを買っていて、三人は次の日、引っ越して行った。この事は、大人数だったこの家の、ちょっとした窮屈さを和らげた。家族の中でお互いに、少しずついらいらしていたのだった。何度かそれぞれ腹を立てるようなことが起こったが、深刻な事には、何もならなかった。

第三章　また、慣れるという事

南オマハの地域に丁度なじんだ頃、父さんと母さんは、僕たちが引っ越せそうな家を見つけたが、そこは、おばあちゃんの家から14キロメートルぐらい、まっすぐ北に行った、オマハの町の別の地域だった。そこはまた、感じが違う地域だった。僕たちはまた、〝馴染んで〟行かなければならなかった。

家は全部で　二六〇〇　ドル　だったそうだ。父さんと母さんは、インフレが起こる前に買う事ができた。次の年は同じような家が、八〇〇〇　ドル　になり、毎年値段は急激に上がっていった。家の値段ばかりではなく、すべてのものが値上がりし、今に続いている。

僕たちがその家に引っ越した最初の頃は、石炭を燃料としていた。全部のご近所が石炭を使っていた。二、三年後には、シャベルで石炭をすくって燃やす事から、ガスに変わって行った。ガスに変わる前の、雪が降った時の事を覚えている。雪が黒い煤の粉塵で、覆われた。僕は、石炭を燃やさなくなった最初の年まで、自分の家の暖房から、汚れた空気が出ているとは、知らなかったので、(雪が黒くなるのが)とても不思議だった。ガスに変わった最初の年は、雪がきれいだったので、石炭より、ガスはきれいなのだ、という事を表していた。

新しい家では、新しいお手伝いが加わった。雪片づけと芝刈りだった。僕は倉庫から何か物を取り出す時まで、家に芝刈り機がある事に気づいていなかった。芝刈り機は、僕だけの道具になった。僕以外の家族は、誰も使いこなせないようだった。芝刈りが必要な時は、近所の人達は僕に、　そろそろ芝刈りが必要みたいだ　と知らせた。誰も、ドニーやノーマや他の家族に言わなかった。実際、庭全部、僕の領域になった。それは僕が望んだ事ではなく、他の家族がそう望んだから　だった。

　それをするともっと良い人になれる、と説明された。僕だけがもっと良い人にならなければならないのは、不思議だった。きっとドニーだって、〃もっと良い人　〃になるためのレッスンは、必要なはずだ。僕は、近所一、市内一、州内一、いや、世界一、素晴らしい、最高の人になれるほど、働いた。でも、僕は、もっと良い人になれるなんて事は、信じていなかった。ただ、疲れて、汗をかく以外の、何ものでもなかった。

　みんなが親切だったうちに、おばあちゃんの家を出て、自分たちの新しい家に移る事ができたのは、母さんと父さんは、幸せに思っているという事を、僕は知っていた。ノーマやドニーはどう思っているか知らなかったが、僕は引っ越しても、おばあちゃんの家にずっといるにしても同じだった。その土地に慣れて、学校をやり直すのは、難しかった。僕は、過去の経験から、それがわかっていた。

　学校での最初の授業は、ハワイ島全体についての、地理の授業だった。シスターの先生が、僕たちの家族が、ハワイに住んでいた事を知って、僕はいきなり、ハワイ島の〝エキスパート〟になってしまった。勿論、僕は、教科書以上の事は知らなかった。僕は、次の教科の授業になるまで、ずうっと、僕なりのアドリブで通した。僕を、〝何でも知っている〟と思ってしまったクラスメートには、おもしろくない状況になってしまった。クラスの中の、知識人達は、高い位置にいる、自分達の土台をくずす者は、だれでも、良しとしなかった。

二、三日後、その子達は、早合点だった、ということがわかるのだった。僕は、彼らの高い居場所には、入って行かないようだ、という事を知るのだった。特に、字のつづり（スペル）について。

僕たちは、すぐにはわからなかったが、なかなか面倒な地域に引っ越して来てしまったのだった。この間までいた、南オマハの時よりも、もっと、〝慣れる〟まで時間がかかった。僕の新しい家は、とても素敵な公園と接していた。そして、学校は、南へ九ブロックの、歩いて行ける距離だった。

家には車が無かったので、僕たちにとって、歩くことだけが、唯一の移動手段だった。僕たちは、24番通りを三ブロック歩いて、南北のどこにでも行く路面電車に乗る事ができた。

セイクリッド・ハート・グレード学校での、二月のいつだったか、学期半ばから、学校に行き始めた。これは、親が一番、子どもにしてはいけない事で、　じろじろと自分たちを見る、知らない子達だけの教室に、　放り込むという事だった。まるで、洋服が無かったりとてもみすぼらしい洋服を着ているように感じるだろう。先生は、おうちにいるような感じ　にさせようとするだろうが、その子の名前を先生が呼ぶと、注目を集めてしまい、益々状況は悪くなるだけだ。そして、クラス全員が天才で、自分は地球上で一番だめな子だと、思ってしまうだろう。それから四カ月間、何も状況を変える事ができず、ただ、笑って我慢するしかなかった。

さらに状況を悪くしたのは、先生であるシスターたちが、僕を、聖人の名前ではないため、ジェイと呼んでくれない事だった。ミドルネームの、フランシス　と呼ばれていた。先生が　フランシス　と呼ぶのは、僕の事だとわかるまで、四カ月かかった。僕が気付くまで、いつも先生は、三回、僕を呼んだ。

僕がいじめられるまで、時間はかからなかった。転校して最初の日、グラウンドでの事だった。マイクが僕のほうに来て、「この学校で、転校生に何をするか知っているか。」と言った。

勿論、僕は知らなかったし、知りたくもなかった。

「よし、僕たちが教えてやるよ。」　マイクは、にやにや笑いながら、そう言って、にやにや笑っている、三人の友達を見まわした。そして素早く右手を振り回して、僕を地面に打ちのめそうとした。マイクが驚いたのは、僕が彼の思い通りにならなかったという事だった。僕は、ひょいっ と頭を下げ、一つの動きだけで、彼を地面に倒した。マイクはまた僕に殴りかかって来て、僕は、 さっ と彼の後ろにまわって、彼をまたやっつけた。手短に言うと、二、三回、地面からマイクは立ち上がったが、もう彼は限界だった。その時、ベルが鳴り、マイクは、もうそれ以上、屈辱を味わわずに済んだ。〝ジョンソンちの子どもを痛めつけるな〟と、いう事になるのに、時間はかからなかった。噂はたちまち広まり、僕たちは、駐屯地から来たから、素手のけんかは、よく鍛え上げられている、という事になった。僕たちは、その噂を、消そうとはしなかった。

僕たちをいじめなかった子ども達のうちの一人は、ジム・クロスナーだった。僕の家から一ブロック半離れた所に住んでいた。ジムは、僕の親友の一人になった。ドニーが先にクラスの子達と遊ぶようになったので、家の外では、一緒にいる事が少なくなった。ジムは同じ学年だったし、家も近かったから、一緒に学校から帰っていた。都合が良かっただけでなく、年上の子達からいじめられないように、一緒に帰っていた。ジムと僕はとても良く似ていて、僕たちをよく知らない人達は、二人を兄弟だと思っていた。ジムは五人妹がいた。僕は、ジムをかわいそうだと思った。（女兄弟は、）ひとりでたくさんだと、僕は思った。

戦時中は、リサイクルがとても大事だった。全校生徒のうち、たくさんの生徒が、学校の役に立つお金のため、として、廃品回収をしていた。一番お金になって、問題も少なかったのが、古新聞集めだった。一番の問題は、重さだった。ジムと僕は、誰よりも多く集めようと決心し、頑張った。初めのうちは、毎日集めて、学校に持って行ったり、帰って来たりしていたが、集めるよりも歩いている方に時間がかかった。37キログラムで、赤字に、白の、兵隊さんがつけるワッペンを一つもらった。僕たちは、集めた物をもっとうまく運ぶ方法を考えなければ、と思った。

他の子達は、何人か手押し車を使っていた。でも僕たちは持っていなかったので、何か違うものを考えなければならなかった。

僕の家族は、まだ、引っ越しのための荷物入れを持っていた。フォート・ノックスで、戦車を作った事を思い出し、何とかまわりに、車輪が無いか探した。ジムが二組の車輪を持って来てくれて、土曜日は丸々一日を、箱型の荷車作りと、古新聞集めに、〝捧げ〟た。引っ越し用の木箱を荷車に載せ、長いロープを荷車の前につけた。

月曜日の放課後、もっとたくさんの、古新聞を集めに出かけた。最初の一週間はとてもうまくいった。土曜日、僕たちは、古新聞集めを休み、二時間かけて、荷車が耐えられる以上に古新聞を積み込んだ。すると、車輪の

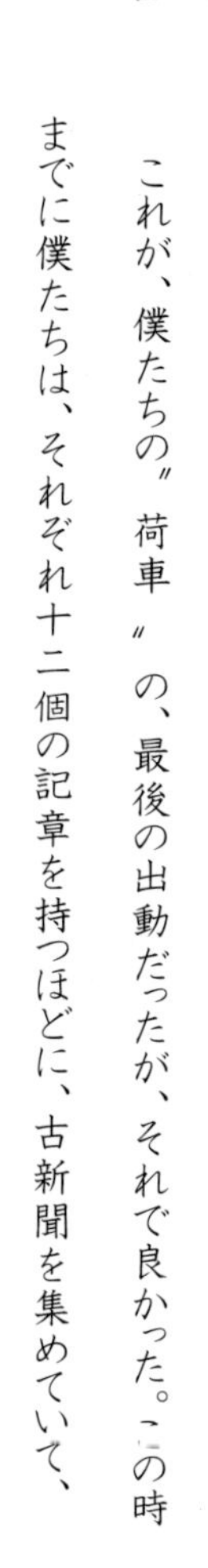

一つがはずれてしまった。丁度その時、僕の家の裏に住んでいる男の人が通りかかった。その男の人は、空いた時間はいつも重量挙げをしていて、牡牛のように強かった。いつも、力の強さを見せるチャンスを探しているのだった。今が、その、強さを見せるチャンスだったのだ。ジムと僕は、荷車が直るまで、ずっと、すごいなぁと言い続けた。ジムと僕は、ミスター筋肉を手伝って、後ろを持ち上げ、応援し続けた。

これが、僕たちの〃荷車〃の、最後の出動だったが、それで良かった。この時までに僕たちは、それぞれ十二個の記章を持つほどに、古新聞を集めていて、他の競争相手より、はるかに多い数だった。

僕たちは、学校で、しばしば授業をしないで、戦争で家族を失った孤児たちに届ける、赤十字や、援助物資

発送協会の、箱詰めの作業をした。一人か二人ずつに、たて45センチ　、横24センチ　の段ボール箱が割り当てられた。一週間前に、箱に入れるため、学校に持ってくる物の一覧表を渡された。例えば鉛筆とか、消しゴムとか、小さなメモ帳とか、歯みがき粉、歯ブラシ、そのほか、小さな物、だった。どんな物でも、新しくお店から買った物の方が良かったが、だいたいの物は、寄付で配られていたので、自分たちのお金を使って、箱の中を一杯にしなければ、と、思う必要はなかった。

僕は、こういう箱を開けた時、子ども達がどんな気持ちになるか、いつも不安だった。僕だったら、がっかりする事がわかっていた。箱の中身は、もう既に、身の回りにある物ばかりだからだ。何年も経ってから、私が、海軍で、韓国に派遣されていた時、私たちの仲間で、近くの村の孤児たちのために、クリスマスパーティーを開いた。どの海軍兵も一人の子どもに、二つのプレゼントを買って、用意して行った。おもちゃと、何か身に付ける物、例えば、冬用の帽子、手袋、セーターなどだった。最初、おもちゃが配られた。子ども達がそれぞれ遊んだ後、洋服などが配られた。たちまちおもちゃは忘れ去られ、みんなにこにこして、身に付け始めた。実際、子ども達が帰った後、たくさんのおもちゃが、置き去りにされた。しかし、身に付ける物で、残っている物は、何もなかった。

経験した者でないと、こういう状況での反応を、判断するのは困難である。

父さんは、年金の小切手を、月ごとに受け取っていたが、五人家族には、足りない額だった。そして、今すぐに家の物とか、そして、当然、毎日の生活の物を買う必要があった。それには、たくさんのお金が必要だった。年金だけでは、充分ではなかったので、毎日仕事を探しに出かけていた。

何か所かで腕試しをして、ホテルで働く事になった。ホテルでは、父さんを料理長として、働いてほしいと言ったそうだが、長い時間、調理や接待を点検するような仕事は、もうやりたくないと思っていた。常勤の料理長が、病気になったり、休暇を取る時に、その時に応じて、替わりを務めることになった。

父さんは、ホテルの労働組合長の役職となり、ホテルの広報紙を発行する事が、最高の楽しみとなった。

第四章　終わったの？

僕たちが、おばあちゃんの家から引っ越した、オマハで二番目の家は、21番街の　プラットストリートだった。

脇が、白のタイル張りで、二階建てだった。家の前には、両脇の端まで広がる、大きなポーチがあった。家に入ると右側には階段があり、左側には居間に続くドアがあった。階段の下を通る大きな廊下を抜けると、食堂があり、食堂にある左奥のドアは、台所に続いていた。台所から、何段か、地下に行く階段があり、母さんが洗濯をする、丸筒型の（リンガータイプ） 洗濯機があった。

この地下室は、家が建てられてから、掘られた。それがわかる理由は、90センチらいの高さの、土を掘った岩棚が、地下室の四方にあったからだ。地下室から押し上げるドアがあり、外（土の上）に通じていた。裏庭は、フェンスで囲まれていて、白く塗られた車庫が脇道にあった。

二階は、踊り場が左の方に続き、右側に大きなお風呂があり、その右にはノーマの部屋があった。広間の左側は父さんと母さんの部屋だった。その右が、ドニーと僕の部屋だった。この家には、七年以上住んで、一つの場所に、一番長く住んだ場所が、ここだった。

裏庭に実のなる木や、ブドウがつるを這わせ、別棟の車庫があり、お隣はどんな人で、と、慣れてきたころだった。とても驚くニュースが伝えられたのは。フランクリン D・ルーズベルト大統領が、一九四五年四月十二日、午後三時三十五分、脳卒中で、亡くなった。誰もがみんな自分の親友や、親戚を亡くしたような、ショックを受けた。僕は、このニュースを聞いた後、誰とも顔を合わせたくなかった。僕は、家を走って飛び出し、ひとりになるために、公園の方に行った。それから、二日間ぐらい、ルーズベルト大統領は殺されたのだと思っていた。僕は、大統領が、ずっと病気だったとは、知らなかった。誰にも教えてもらっていなかったからだ。

毎日、新聞やラジオで、このニュースを伝えるので、やっと、僕の考えを訂正する事ができた。

ルーズベルト大統領が亡くなったというニュースは、木曜日の夜遅くに伝えられたので、学校は次の日、休みになった。四年間、勝利を探し求め、成功の直前で、任務を完了する前に亡くなってしまった大統領。ルーズベルト大統領の死は、僕にとって、とてもつらいものだった。僕が生まれた時から、僕にとってルーズベルト大統領は、その時までずっと大統領だった。そして、僕が十一才の誕生日を迎える前に、いなくなってしまった。僕にとっては、家族の一人が亡くなったのと、同じ感じだった。この出来事から立ち直るまで、しばらく時間がかかった。

新しい大統領は、ハリー　S・トルーマンだった。副大統領だったので、ルーズベルト大統領の後を継いだのだった。ルーズベルト大統領が亡くなるまで、　トルーマン　という名前を聞いたことが無かったが、ほとんど毎日ニュースに出ていたので、新しい大統領を覚えるまで、それほど時間はかからなかった。

二、三年後、僕がボーイスカウトとして、トルーマン大統領のパレードのため、交通整理の手伝いをしていた時、僕の後ろに一人の男の人が来て、言った。「こんなに混んでいる道路、どうやって渡れっていうんだ、まったく！」

その人を振り返って、僕はびっくりした。そこには、ハリー S・トルーマン大統領が立っていたのだ。

最初の驚きは消え、僕は、「大統領閣下、パレードをお止め致します。」と言った。そう言いながら、僕は、パレードの真ん中に出て行き、行進している車や音楽隊を止めると、大統領と八人のスーツを着た人たちが、ゆっくりと横切って行った。小さなボーイスカウトの子が、大統領の横断を手伝った、と群衆は完全に静まり返った。

事態は、次々と進み、最高速度で物事が動いて行くような感じだった。いろんな事が同時に起こった。ジョニーおじさんとジャックおじさんが、他の多くの兵隊さん達と一緒にヨーロッパの前線から、太平洋方面の前線に送られた。ドイツのまわりでは、いろんな事が起きているという報告が、ラジオから流れた。ロシアが西の方へ向かって動いていた。他の連合国軍が加わり、東の方へ向かって行った。

これらすべての事が起こっている間、海軍は聞いた事が無い名前の島から、他の島へと移っていた。頻繁に正確なニュースが入ってくるようになった。負傷者の数も増えてきた。たくさんの人が心配な、良くない電報を受け取るようになった。新聞は、ヨーロッパ、太平洋、両方の前線で、何が起こっているかという記事で、一杯だった。

土曜日、映画を見に行った時、本編が始まる前に、戦争のニュース映画を見た。僕たちが見たのは、——本物の戦争—— お話の映画で見るのとは、全然違うものだった。これらのニュース映像は、僕たちの友達や、親戚たちが戦争に行っているのだという事が、現実であることをさらけ出した。みんな複雑な気持ちだった。戦争は終わりに近づいている感じだが、人々の命の代償、という状況は、日々悪くなっていくばかりだった。

五月に、ドイツ軍降伏、というたくさんのニュースが流れた後、新聞は徹底的にその事を伝えた。ドイツ軍はロシア軍に対して降伏した　そして　その後　ドイツ軍は連合国軍に対して降伏した　だから、何回も降伏している事になり、混乱が生じていた。あと残るは、日本軍の降伏だけだったが、日本のやり方は　降伏ではなかった。降伏することは、耐え忍ぶという事とは、逆だった。太平洋での勝利まで、あと四年かかるように感じた。

文字通り、出し抜けに四か月後、一九四五年八月九日　大きな爆弾、本当に大きな爆弾が、長崎に落とされた。

僕たちは、450キロ　ぐらいの、〃とても大きな〃爆弾だと思っていた。これらは本当に最近落とされた。それは、新しい戦闘機の、B—29しか、そのぐらい重い爆弾を運ぶ事が出来ないからだった。ニュース映像は、爆撃されていた町を映し出していた。今までの、どの爆弾より大きいと思った。そして、それは、原子爆弾　と呼ばれる新しい爆弾で、今までの物とは違っていた。すぐ後に、合衆国空軍は、もう一つ原子爆弾を落とした。それは、もう一つある、という事を日本軍に知らせるためだった。

僕たちはその時はわからなかったが、その原子爆弾は、私たちの世界を永遠に変えた。日本軍の対応を得るのに長くはかからなかった。なぜなら、一九四五年九月二日、日本は合衆国戦艦ミズーリの上で、降伏の書類に署名をして、第二次世界大戦は、終わったからだった。

戦争が終わった時、僕は、十一才だった。戦争は僕にとって、珍しい事ではなかった。終わったその時でも、戦争がまだ続いているとすら感じる事があった。僕にとっては、毎日の生活の一部だったし、僕たちを怖がらせる事もなかった。僕たちは、心配しすぎる事もなかった。それが当たり前の世界だったのだ。

戦争で破壊された、ヨーロッパに住んでいる子ども達や、戦争が悲劇をもたらした他の場所の子ども達、そして毎日戦争の恐怖と共にあった子どもたちの事を、僕たちは、しばしば思った。

戦争が終わって、兵隊さん達は、家に帰って来た。ひとりひとり、家に戻る度に、お祝いをした。いとこのジェイからも手紙を受け取り、無事、家に戻った事を僕たちに知らせてくれた。戦争が終わって一年後、ジムおじさんの遺体が、イギリスから家に運ばれてきた。家族は、最後のさよならをするために、みんな集まった。

戦争がすっかり終わった時、僕たちは、みんな大喜びだった。たくさんの事が変わってしまっていた。戦争が終わっても、すべての事が、戦争前に戻ったというわけではなかった。勿論、たくさんの事が元通りになるというわけではない。良く変わったものもあれば、そうでないものもあった。後片付け、犠牲になった人たちの救済、すべての兵士・航海士・乗組員の帰還、これらのすべての事は、あまり時間がかからないで、完了するだろう。

しかし、一番大切な事は、世界中が問いかけなければならないのは、　なぜこの戦争が起こったのだろうか、次はどうなるのだろうか　という事だ。

次の事が起こるまで、時間はかからなかった。ロシアがまだ戦争が終わっていなかったにもかかわらず、問題を起こしたのだった。これが、〝冷戦〟の始まりだった。まあ、冷戦の方が熱い戦争よりは身体的にはましなのかもしれないが、もっと、緊張が大きいだろう。そして、神経をすり減らすのだろう。心配するのは良くないが、僕は、冷戦の方が、まだ、まし だと思った。

僕たちの家族は、冷戦の影響は受けなかったし、次から次と報道されるニュースで、緊張につぶされるような事もなかった。フランクリン D・ルーズベルトが言ったことは正しかった。「私たちが恐れなければならないのは、恐れそのものである。」

最終章　それから　その他の事

今、時代は二十一世紀。私たちが、第二次世界大戦の時代に生きていて受けた衝撃が、死ぬまで私たちから離れないとしても、第二次世界大戦は、もはや過去である。歴史の本は、この戦争の経過を、〃日独伊枢軸国側の勝利と連合国側の敗退、 から逆転し、 結果的に連合国側の勝利になった。〃と、詳細に書くだろう。この悲惨な戦争のただなかで、世界中のあらゆる片隅に子ども達は、いた。ドイツ軍がポーランドに侵攻した時、そこに、子ども達は、いた。ロンドンに爆弾が落とされた時、そこに、子ども達は、いた。日本軍がマニラを占領した時、フィリピンにも子ども達は、いた。原子爆弾が落とされた町にも、子ども達は、いた。

子ども達は、大人達のように、無表情の裏に感情を隠すことはできない。子ども達の無邪気さは、ひとつひとつの身振り、目つき、表情に現れる。外側からは、その子たちの年齢は、判断できない。その子達の経験が、実際にはその子達の年齢を超えているからだ。

戦争だった日々、僕たちは、何が起こっているかは、わかっていたと思っていた。しかし実際は、僕たちの時代は、こうあってほしい、と思っていただけだった。例えば、ヨーロッパの〝死の収容所〟や、フィリピンの村で本当に起こっていた事が、最終的に明らかになると、僕たちは恥ずかしくなり、腹が立ち、そして、無力感を感じるのだった。なぜなら、この戦争が、そこに住んでいる人たちを攻撃するという、実際にやった事を、僕たちは知らなかったし、気が付いていなかったからだ。ひとつだけ僕がはっきりとわかっているのは、戦争というものは、人々が、二度と、決して、見たくないものである、という事だ。

アメリカ合衆国は、第一次世界大戦後、戦争への備えはしていなかった。軍隊は解散され、兵士たちは家へ戻り、戦争をするという技能も下がっていった。第二次世界大戦の頃には、合衆国は、攻撃に対して無防備になっていた。

少しずつ年を経て、僕たちの国は、〝準備する〟事を学んだのだった。私たち は、自由な国家として、戦争への備えをするか、自由を愛する国家であり続けるかで、いつも分断される。なぜならば、国境線を解放し、他国の覇権を求めず、世界で一番成功している国だからだ。私たちを滅ぼそうとする人たちにとっては、攻撃しやすかったのだ。だからこそ、合衆国は、自分たちの生き方を守るために、備えておかなければならないのだ。

この国には、常備の軍隊―どんな犠牲を払ってでも平和を守ろうとする人達である―を、持つべきではない、と思っている人は、たくさんいる。歴史の本から離れたり、ちょっとだけ読んで、戦争の準備をするべきではない、と考えるのは、いいだろう。

誰も、戦争は望んでいない。しかし、他の所に、僕たちが平和に暮らすのを良しとしない人達もいるのだ。攻撃から身を守ることができない人達を救援しに行くのは、自由な世界のリーダーとしての、責務である。合衆国が外に出て行って、世界を調整していく、という事を信じている人達は、私たちが、戦いで勝利した相手の国、例えば、日本やドイツに、向き合っていかなければならない。

戦争の恐ろしさを見てきた人達と一緒に振り返ってみたい。誰か、また戦争を経験したい、と言う人がいるだろうか。私は、誰もいない と信じる。だがもし、自由を守らなければならない、となった場合は、戦争で被害を受けた、これらの人達は、前線に立つだろう。

私たちの家族のように、安全を保障された場所ではない所で、そして、実際に戦争があった場所で、第二次世界大戦を生き抜いた人達を、今まで長い間かけて、私は見つけ出した。私たち家族がアメリカ合衆国で、快適に暮らしている間、戦争を生き延びた何人かの人達の、経験がここにある。すべて真実である。何人かは、仮名である。

＊　＊　＊

アンは、ロンドン大空襲の時、ロンドンの中心部に住んでいた。爆撃が始まった時、たくさんの家族が、爆撃から離れた、地方の親戚や友達と一緒に生活させるため、子ども達を送り出した。アンの家族は、初めは、それは必要ない、と思っていた。それほど爆撃は続かないだろう、と思っていた。アンの家族が、ロンドンを離れる直前、アンの弟が、病気になって、病院に運ばれた。その夜、その病院は、ドイツ軍に爆撃され、たった一人の弟は、亡くなった。

アンとその家族は、大戦が始まった頃は、毎日、毎晩の爆撃の恐怖の中、頭の上で起こっている爆発の音や、火事の音と共に、地下鉄や、防空壕の中で、何時間も過ごした。ロンドン大空襲は、ロンドンに覆いかぶさり続け、爆弾は、毎晩、町に落ち、一九四〇年九月から十一月まで、三カ月続いた。ロンドン市民は、このすさまじい破壊に耐え忍んだ。

アンが、この戦争の残忍さを経験したのは、六才の時だった。アメリカには、何発爆弾が落ちただろうか。このような惨害に対して、僕たちは、どのように、対応しただろうか。

＊　＊　＊

ディックは、戦争中、日本に住んでいた。父親は、白人のロシア人で、日本で働いていた、ビジネスマンだった。戦争が始まった時、母親と彼は、日本に残されていた。ディックが覚えているのは、日本人はまるで二人が存在しないかのように無視していた事だった。食べ物を買う事もできず、防空壕にも入れず、洋服もなかった。ディックとお母さんは、生き延びるために、日本人が捨てた物は、何でも拾っていた。

戦争の終わりの頃、ディックとお母さんは、とにかく食べる物を　と、知らない人の庭の草を取って来て、茹でて食べたそうだ。

私がディックと会ったのは、アメリカ空軍で、C―130の飛行が予定されている時だった。ディック・ハワードは、戦争が終わった時たった七才で、その後、アメリカにやって来て、初めて自由の空気を感じたそうだ。日本人や、ドイツ人の血を引いたアメリカ人がいたら、私たちは、どう対応していただろうか。

＊　＊　＊

ポールは、ヒトラー青少年団に加入した。正しい事をしていると信じていた。彼も、彼の学校の友達も、千年ドイツ帝国を、信じていた。ヒットラー青少年団は、ゆくゆくは、ヒットラーの兵士になり、加入した少年たちは、戦いの栄光を期待していた。しかし、戦争の終わり近くなって、ポールと学校の親友は、ロシア陸軍先遣部隊の前方で、塹壕を掘るために、東方前線へ送られた。塹壕掘りは彼らが求めていた栄光ではなかった。ポールとその友達が、戦いに必要な深さまで、壕を掘っている時に、弾が、彼の友達に、空を切って飛んで来て、友達は即死した。ポールは衝撃を受け自分たちが、今掘った壕に友達の遺体を横たえた。友達を腕の中に抱き上げた時、流れる血が、ポールのユニフォームに染み込んだ。

ひざまずき、友達が亡くなったのを見た時、ポールは千年ドイツ帝国にいるのはもう終わりにし、戦争に参加するのも終わりにしようと、決心した。もう人が亡くなるのは、見たくなかった。ポールは走り出し、ドイツから外へ出た事がわかるまで、絶対に後ろを振り返らず、走り続けたそうだ。今、ポールは、大変信心深いクリスチャンで、アメリカに住み、過去の、青少年団の愚かな考えを恥じている。ポールがヒットラー軍の塹壕を掘っていたのは、十二才の時で、人間は、お互いに残酷なことをしてしまうという現実に衝撃を受けたのだった。

戦争は名誉に値する真剣な試みだ、と、いう考えへ、子ども達をおびき寄せる事は、なんとたやすい事なのだろうか。

＊　＊　＊

ピートリー下士官は、たった十八才で、海軍兵として、フィリピン戦線で戦った。彼と他のアメリカ人、そしてフィリピン人達は、かの悪名高き、 死の行進 の中にいた。 行進 を生き延び、日本に農場労働者として、送られた。ピートリーは、フィリピンを横断する、無意味な行進で傷ついたり、亡くなったりした他の海軍仲間より、自分が幸運だったという事をわかっていた。戦争が終わってもう二年になるという頃、そこの農家の主が、戦争が終わった事を知らせた。

ピートリー下士官が海軍を退職した時、私は一緒に働いていた。彼は、オマハの郵便局に働きに行った。ピートリー下士官は、戦争についての怒り、嫌悪、混乱、という場面を経験した、 と私に話してくれた。

なぜ日本軍はそんなに無慈悲だったのだろうか、そして、その農家の人は、不注意だったのだろうか？

ピートリー下士官とは、武器庫で一緒に働いている時に、知り合った。彼はそれまで、良い日もあれば、悪い日もあっただろう。悪い日々は、 死の行進 という運命をもたらされた時だった。彼の良かった日々は、自分はなんて幸運だったのだろうと、認識した時だったのだ。

＊　＊　＊

ジョー・トーマスが、〃バルジの戦い〃に巻き込まれたのは、まだ十代だった。彼は、他の四人の兵士と一緒に捕らえられた。多くのアメリカ人捕虜が、ドイツ軍から、そこで撃たれた。ジョーと彼らの仲間たちは、殺されず、ドイツ軍のための防衛の場所を設営する仕事につかせられた。味方のアメリカ軍が前進してきた時、ジョー達は、アメリカ軍と一緒にそこを離れる事ができた。

これらの少数の集団は、ラッキーだった。ドイツ軍たちは、撤退の途中だったので、捕虜として連れて行こうとはしなかったのである。この、〝バルジの戦い〟では、たくさんのアメリカ人捕虜が殺された。

私がジョーと会った時は、スチームパイプの修理工だった。ジョーにとっては、神様は存在し、より高い所の力で、地上を見下ろし、確実だった死から、何人かの集団を救ってくださった。

私たちは、これほど多数の若い兵士たちを失った事を悲しみ、使命を果たし、そして無事に帰ってきた人達の事を、神に感謝する。

*　　*　　*

ウォルト・イングルマンと、彼の家族は、東ドイツに住んでいた。戦いが彼の農場を取り囲み、ロシアの戦車大隊がやって来て、ウォルトの農場を占領した時、戦いは終わりに近づいていた。ロシア軍の中尉が家のドアをノックし、母親に（父親はドイツ陸軍に召集されていた。）三十分で荷物をまとめて、この、生活の基盤としていて、そして生活のすべてだった農場から、出ていけ　と告げた。家族は、母親、ウォルト、弟、二人の妹だった。彼らは急いで、荷造りをして、載せられるだけの荷物を載せ、馬に荷車を引かせた。農場の端あたりまで来て、広いぬかみの道路に曲がろうとした時、ロシアの兵隊が、二頭の馬を銃撃した。

家族は、持てる物を持って駅へ向かった。駅に着いた時、汽車は満員だった。イングルマン一家のように戦争の混乱から何とか逃れる方法を探している、多数の避難者たちだった。

母親は、他の人達がしているように、線路を歩いて、北に向かって海まで行こうと決心した。これらの、北に向かう大量の避難者達は、途中で、他の人達も一緒になり、戦争の恐怖から逃れて、線路に沿って北へ向かう多数の移民の集団に、すぐになった。

途中で、たくさんの人が餓死したり、寒さと飢えによる病気で亡くなっていった。ウォルト自身も病気になった。その集団の中にいた医者は、　きっと助からないから、ここに残していった方が良い、と母親に告げた。そして、臨終者と死亡者の場所へウォルトを移していた。母親はそれを拒否し、ウォルトを抱き上げ、連れて行った。

三日後やっと汽車と遭遇した。汽車は線路の片側を覆っていた。死体がいたる所にあった。ロシア軍が爆撃し、機銃掃射をしたのだった。生き残ったわずかな人たちが、集団に加わった。少数だった集団が今や何千人もの集団になった。

川に架かる、破壊された鉄橋にたどり着いた。渡るには、本当に狭い幅しか残されていなかった。その幅は、足の大きさよりも狭かった。ウォルトの母親は、ウォルトを抱いて渡った。他の避難者の多くは、自由への、この狭い幅を渡り、落ちて亡くなっていった。避難者の集団は、やっと、海岸にたどり着くことができた。ウォルトは、船の給仕として、乗り込むことができた。他の家族は、次の脱出のチャンスを待たなければならなかった。

船はスウェーデンへの途中で嵐にさしかかり、他の船が乗組員たちをウォルトも一緒に救助した時、その船は沈んで行った。ウォルトは、合衆国にたどり着き、トラックの運転手として働いた。人生が永遠に変わってしまった時、ウォルトは、七才だった。

＊　＊　＊

ウォルトは、アメリカ合衆国のために、毎日神様にお祈りしていると、私に話してくれた。

　戦争時代の子ども達は、人生の中で、普通の人が目にするより、多くの遺体を、過去に、見ている。彼らは、親戚や友達の、絞首刑や腐っていく死体が、共同墓地に投げ入れられるのを目撃している。彼らは、その時、何カ月にも渡る、飢えを経験している。彼らは私たちが経験したよりも、寒さの中やひどい暑さの中にまともな服の援助もなく取り残された。

　このような恐ろしい経験のゆえに、これらの子ども達は、大人になって、より良い世界を作るために懸命な努力をした。少しは前進があるが、まだまだ長い道のりである。

　どのように、このメッセージを、次の世代へ引き渡せば良いのだろうか。そして、戦争は、恐ろしい事ではあるが、自由は勝ち取るに値するものである、という事を次の世代の人達にわかってもらうには、私たち、戦争の年月を生きた子ども達は、どうすれば良いのだろうか。

＊　　＊　　＊

なんてすばらしい事でしょう！
世界を良くすることを始めるのに
誰も、一瞬たりとも
待つ必要など　ないのですもの。

アンネ・フランク　（一九二九―一九四五）の日記より

以下の項目は、2022 年現在、ネット検索 または 動画検索可能です。

ペタン将軍 General P' etain
クロア・ド・ゲール Croix d' Guerre 軍功十字章
パープル・ハート Purple Heart 名誉負傷章
スモーキーベア Smokey the Bear' s
米国慰問協会 United Service Organization
戦時国債 war time bond
自由の女神の赤い切手
The red stamps with the Statue of Liberty
配給 ration
ロイヤルクラウンコーラ Royal Crown Cola
アーミーブラッツ Army Brats
ゴールドヴィル Goldville
ドイツのポーランド侵攻
ハワイの雨降らし花 Hawaiian rain flower
シックス・バイ six -by 六輪タイヤのトラック
ノーチラス号
パンチ・アンド・ジュディー Punch and Judy
ローラースケート roller skate 40' s
スケートのカギ skate keys
臼砲 mortar round
シアーズ アンド ルーバックストア
the Sears and Roebuck Store
イースター色のひよこ
chicks , Easter colors 40' s
ポリオ Polio in the U.S
トム・マッキャン Tom McCann
足のレントゲン x-ray for shoes 40' s
高速道路 31W highway 31-W
ウォルター・ウインチェル Walter Winchell
サッサフラス sassafras
クロゴケグモ black widow
戦う象 the elephant in combat
ランバージャックブーツ lumberjack boots
ウェーク島 Wake Island
タレットガンの銃撃手 turret gunner
三月の凧あげ March kite flying
ケイト・スミス Kate Smith
ジュディー・カノーヴァ Judy Kanova

ジャック・ベニー Jack Benny
ボブ・ホープ Bob Hope
シャーリー・テンプル Shirley Temple
第五列 fifth column
戦時農園 the victory garden
どこでも火がつくマッチ
strike anywhere matches
ジョニー・ライアン Johnny Ryan
ジャック・マクニール Jack McNeil
マホーク族 the Mohawks
ダニエル・ブーン Daniel Boone
黒のシボレー
ランブルシート
アメリカンフットボールのスリーポイントシュートの構え
ローンレンジャー
ジャック・アームストロング
テリー・アンド・ザ・パイレーツ
リンガータイプの洗濯機
コンソールタイプのラジオ

ジェイ F・ジョンソン 関連年表

一九三二年　姉 ノーマ 誕生
一九三四年　カンザス州 フォート・ライリー の軍病院で生まれる
一九三五年　弟 ドン（ドナルド） 誕生　（ジェイ 一才）
一九三九年～一九四〇年　ハワイで暮らす（五才～六才）
一九四〇年九月～一九四二年七月 インディアナ州 フォート・ベンジャミン・ハリソン で暮らす
（六才～八才）
一九四二年～ 一九四四年　ケンタッキー州　ゴールドヴィル　、フォート・ノックスで暮らす
（八才～十才）
一九四四年～ 一九四五年　ネブラスカ州　南オマハで暮らす　（十才～十一才）
一九四五年～ 一九五四年　北オマハ プラットストリート 21番街で暮らす
（十一才～一八才）

ジェイ（5歳）　ノーマ（7歳）　ドン（4歳）

1939 年　ハワイにて

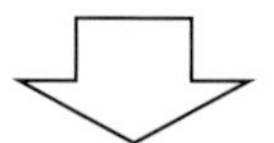

ジェイ（68 歳）　ノーマ（70歳）　ドン（67歳）

2007 年　ワシントン州　リッチランドにて

ISBN : softcover 978-1-4653-7643-5
訳：パティ・グリーン

戦争の年月（としつき）

2022年6月17日　初版発行

著者 ジェイ　F・ジョンソン
訳者 パティ・グリーン

発行所 株式会社 三恵社
愛知県名古屋市北区中丸町 2-24-1
Tel.052-915-5211 Fax.052-915-5019
web.https://www.sankeisha.com

印刷・製本 株式会社 三恵社
ISBN 978-4-86693-646-8 C0000